かみつら
Ka Mi Tsu Ra
―島の禁忌を犯して恋をする、俺と彼女達の話―
北条新九郎
illust トーチケイスケ
1

「神さま……」
彼がそう口走ってしまうのも
頷ける光景である。
こんな孤島なら、神さまぐらい
いるかもしれないし。

宇喜多真璃《うきた・まり》

坂崎 直
さかざき・なお

「これで後戻りは出来ないね」
微笑む直。
初めて見せたその素顔を
彼の顔へと導いていく。

前田志郎
まえだ・しろう
狼たちが迫ってきた。
牙を剝き出し、
唸り声を上げながら。
明らかに怒っている。

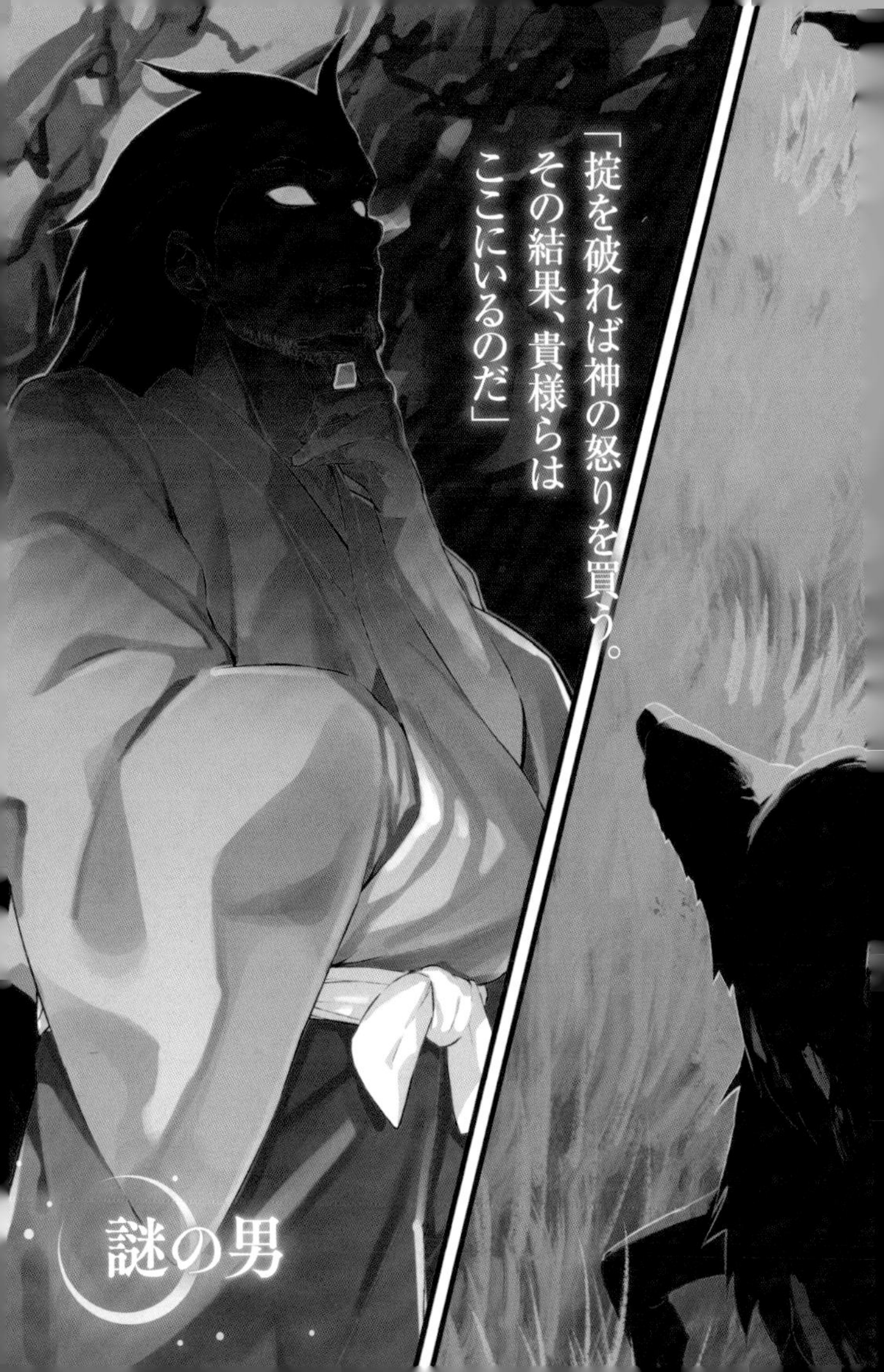
「掟を破れば神の怒りを買う。
その結果、貴様らは
ここにいるのだ」
謎の男

もくじ

かみつら 1

Ka Mi Tsu Ra

―島の禁忌を犯して恋をする、俺と彼女達の話―

北条新九郎
illust
トーチケイスケ

イラスト／トーチケイスケ

プロローグ

彼は歓喜した。その知らせを聞いて、全身をもって喜びを表したのだ。仕方がない。十年ぶりにやっと日本へ帰れるのだから。しかも東京に。
だが、いざそこに着けばその顔は強張《こわば》ってしまう。いや、呆《ほう》けてしまったと言うべきか。無理もない。
彼の目前に広がるは、
仮面、
仮面、
仮面、
仮面、
仮面、
仮面、
仮面。
仮面の少女たち。
古ぼけた木造校舎で迎えられた十六歳の少年前田志郎《まえだしろう》は、その異様な光景に目を奪われてしまった。
僅か十四人ばかりのクラス。その上、十二歳から十七歳までという幅広い年齢層。それでいて、何故《なぜ》か女子だけが仮面を付けていたのだ。しかも真っ白で、目と口の部分に三日月形の穴が開いている不気味なもの。ド田舎を匂わせるその情景も相まって、彼の頭の中からは『東京』などという言葉はとうに消え去っていた。

「今日からこの学校に通うことになりました、前田志郎です。宜《よろ》しくお願い致します」

それでも彼は引越しには馴《な》れていた。平静を装って挨拶すると、その十四人も拍手をもって歓迎してくれる。笑顔で。仮面も笑顔で。

不気味。異様。それでいて、この光景の説明すらされない。この十年で日本は変わってしまったのかと、志郎は自分の良識を疑ってしまうほどだった。

「志郎君、それじゃ席は……奥の空いてるところを使ってくれ」

「はい」

担任教師の男性に促され、クラスメイトの視線を浴びながら最奥の席へと向かう。皆、彼に温かい眼差《まなざ》しを送ってくれるのだが、仮面を通して放たれるそれは、心地の良いものとはとても言えなかった。

否《いや》、一人だけ違う。

志郎が席に着くと、左隣の女子が殺気を伴って睨《にら》んできたのだ。単純な敵意を感じさせながら。

「……宜しくお願いします」

理由は分からない。一先《ひとま》ず頭を下げて許しを請うてみるも、その仮面は睨みつけたままだった。

……睨みつけたまま？

仮面の表情が皆と違ったのだ。彼女のだけ？　それともわざわざ付け替えているのか？　新参者の疑問は増すばかり。

そして終《しま》いには、吐き捨てるかのように目を逸《そ》らされてしまった。最悪のファーストコンタクト。引越しのプロである志郎でも、その態度には流石《さすが》に気が滅入《めい》った。

昭和初期からありそうなオンボロ校舎に、謎の仮面を付けた少女たち。田舎の村に残る珍妙な風習なのだろうが、説明も無く流されてはただただ恐怖を生み出すだけ。彼も今まで幾度も死に掛けたことはあったが、今回は『危険』ではなく『奇怪』である。

志郎は日本に帰ってきたことを後悔した。

第一話　神面島

前田志郎が父に連れられ世界中を回るようになったのは六歳の頃から。時折日本へ帰ることはあっても、決して長居は出来ず。父の仕事のためと諦めつつも、それでもいつかは日本にと、彼は望郷の念を抱いて過ごしていた。

そして、それが遂《つい》に叶《かな》うのである。

しかも、東京にだ。

その日、猛吹雪で荒れる極寒のアラスカのログハウスで、志郎は永久凍土をも溶かそうかという熱き叫びを上げていた。

「東京!?　本当に東京!?」

ソファを撥《は》ね除《の》け、覆い被《かぶ》さるかのように父の前に立つ志郎。十六歳の少年にしては少々子供じみた喜びようであったが、志郎にとってはそれほどまでの悲願だったのである。

身長一七八センチの歳《とし》の割りに引き締まった肉体は、彼のこれまでの苦労の証《あかし》。念のため、父の又衛門《またえもん》に再度確認するも、

「東北とか四国のド田舎じゃなくて、本当に東京!?」

「ああ、正真正銘、首都東京だ」

それが現実だと知らされると、その驚嘆面を満面の笑みに変えさせた。

「やった……」

次いで、内から湧き出る興奮に身を委ねた。

「やっと、やっと日本に帰れるんだ。夢にまで見た日本の大地に。渋谷、原宿、ネズミーランド……。世界中のド田舎ばかりを回ってきたけど、それも遂に終わりを告げるんだ。やっと都会で人間らしい生活を送れる」

「大袈裟《おおげさ》だなー。しかもネズミーは千葉だ」

「大袈裟なもんか。青春の大半を世界中の秘境で過ごさせられたんだぞ。思春期の俺の心は、今にも崩壊寸前だ」

「寧《むし》ろ、元気一杯に見えるぞ」

「今までの鬱憤を吐き出してるんだよ！」

　息子がそう訴えても、又衛門は呆《あき》れたようにパイプをふかすだけだった。立派な顎鬚《あごひげ》に、白髪交じりの整えられた髪。齢《よわい》五十ながらその名前も相まって、彼は実に凜々《りり》しい風貌の御仁だった。それでいて息子を凌《しの》ぐ体軀《たいく》なのだから、自然と志郎の想《おも》いは二の次とされていた。

「そもそも、何で俺を連れ回すんだよ。アマゾン、テキサス、エジプト。そして今は極寒のアラスカ。しかも、グリズリーが出るような山奥の一軒家のログハウスに。世界中を回りたかったにしても、子供の俺はじーちゃんちにでも預ければ良かっただろう」

「何を言っているんだ。親子なんだから一緒にいるのは当然だろう」

「息子が不満でも？」

「苦楽を共にするのが親子というものだ」

「苦楽……ねぇー」

　息子は力が抜けたかのように元のソファに腰を下ろした。そして、冷めた目で問う。

「その苦楽の『苦』は俺ばかり。実際は、父さんの楽しみのためだけに世界中を回ってるんじゃないの？」

「仕事のためだ」

「大好きな趣味が、たまたまお金を生み出しているだけだろう？」

「まぁ、そうだな」

　父、素直に認める。だが、

「それの何が悪い、志郎。寧ろ幸せなことだろう。楽しんでお金を貰《もら》えるなんて」

　彼は純粋な自分至上主義だった。

「そりゃ、そうだけど」

「儂《わし》は大人。お前は子供。まだ一人で生きていけないのだから、今は黙って親に従うべきだ。大人になったら好きに生きればいい。東京で就職して、東京で家庭を持てばいいさ」

「うん……」

「ま、ともあれ、春からは念願の東京だ。楽しみにしながら準備しておけ」

「そうするよ」

息子は頷《うなず》いた。

その通り。もう過去のことは忘れるべきだ。この吹雪が止《や》んだら春が来るのだから。待ちに待った青春の『春』が。希望を胸に秘めた志郎は、窓の外を眺めながらそう自分に言い聞かせるのだった。


だが、彼を待っていたのは非情な現実だった。

島々を行き来する小さな連絡船。その船首に立つ志郎は、失望と絶望の深い淵《ふち》に陥っていた。気持ちのいい晴天、心地のいい潮風が頬を撫《な》でてくれているというのに、あの笑顔はもう死んでしまっている。

「今日からあの島で暮らすんだ。楽しみだろう」

後ろから父が説明してくれる。そう、今更説明するのだ。志郎、念のため訊《き》き返してみるが……。

「東京って聞いていたけど」

「ああ、東京だ。東京の小笠原《おがさわら》諸島」

少年の血の気が引いていく。いつもそうだ。大事なことはいつも隠している。一応、東北や四国じゃないと確認はしていたが、結局は裏切られるのだ。これは又衛門の性格というより、小説家としての職業病と言った方がいいのかもしれない。落胆する息子を他所《よそ》に、父は嬉《うれ》しそうに続ける。

「はは、ビックリしただろう。でも、ここは紛れもなく日本の東京だ」

「内地から父島まで二十五時間。更に加えて四時間経《た》った今でも、俺は船の上にいる」

「これから行くところは、小笠原諸島でも父島から離れているからな」

「硫黄島だとか言わないだろうね」

「流石の儂でもそれは無理だ。だが……それ以上にスリリングな島だよ」

スリリング。スリリングだ。又衛門はスリリングしか求めていない。

結局こうなってしまうことは、志郎《しろう》も予想出来ていたはず。何せ血を分けた親子なのだから。……けれど、つい夢を見てしまったのは、彼がまだ子供だったからであろう。

「見えてきたぞ、あの島だ」

そして、又衛門が指す先に現れたのは絶海の孤島。大き過ぎず小さ過ぎず。草木が生い茂り、島の中央には立派な山がそびえ立っている。ただ、目の前に広がる断崖絶壁が、まるで人の侵入を拒んでいるかのようにも見えた。

「あれが儂たちの新しい住処《すみか》、神面島《かみつらじま》だ」

志郎は願う。せめて、人が住んでいる島であってくれ、と。

　意外にもそこは文明の匂いがした。雑貨店に食料品店、郵便局に居酒屋もある。幾つか漁船も停泊している小さな漁港を備え、人口も三百三十人と思いの外多い。さりとて、田舎は田舎。少年の心が癒されるわけでもなかった。

「騙《だま》された……」

「騙してはいないだろう？　初歩的な叙術トリックだ」

「っ！　今度書くのはミステリーか!?」

「この島にはきっといいネタがある」

「……」

　呆れた……。本当に呆れた……。呆れ過ぎて、志郎は一人トボトボと歩き始めた。

「おい、志郎、どこへ行くんだ？」

「……」

「言わなくても分かっているだろうが、こういう土地は人気《ひとけ》のないところに行くもんじゃないぞー！」

「……」

　その父の忠告も彼の耳には届いていないよう。落胆のあまり呆然《ぼうぜん》と歩くその姿は、まるで幽霊だった。そのまま、徐《おもむろ》に近くの森へと入っていく。

辛《つら》い。苦しい。少年の心が悲鳴を上げる。今度ばかりは本当に崩壊しそうだった。持ち上げられてからの急転直下。『東京』だなんて単語を口にするあくどさもある。当然、彼は怒りが湧いたが、それ以上に落胆の方が大きかった。

溜《た》め息《いき》を吐《つ》く志郎。どこへ向かっているのか本人も分からない。今はただ真《ま》っ直《す》ぐに進んでみたかったのだ。自分の希望を叶えたい。自分の道を突き進みたい。そんな想いがこの行動に表れているのだろう。

道なき道を歩き、生い茂る草木を掻《か》き分ける。邪魔するものは追い散らすまで。猫も、鼠《ねずみ》も、蜘蛛《くも》も、蛇も、オオトカゲも。全てを払い除け、一心不乱に前へと進んだ。

もしかして、死に場所を求めていたのかもしれない。楽になりたいと。傍《はた》から見れば、いくらなんでも極端過ぎるとも思えたが、若い心が絶望に打ちのめされたのだから、それも有り得なくはないだろう。

だが、彼の行き先にあったのは、そんな苦悩すら忘れさせてくれるこの『島の正体』だった。

森の中にあったのは池。恐ろしく透き通った泉が、陽《ひ》を反射して水面《みなも》を輝かせていた。されど、彼を魅了したのはそれではない。その泉に浸っている人である。

人?

いや、人でないもの……。

「神さま……」

それは白い衣を纏《まと》った少女だった。丁度、泉から這《は》い上がろうとしていたところ。水浴びでもしていたのか全身を濡《ぬ》らしており、輝く金髪と薄く透き通った衣が白肌に張り付いている。綺麗《きれい》な曲線を描く尻に、ほどよく膨らんだ胸からは乳頭すら窺《うかが》えそうだ。だが、そのエロティックさ以上に、少年は妖しい美しさに魅了されていた。彼がそう口走ってしまうのも頷ける光景である。こんな孤島なら、神さまぐらいいるかもしれないし。

志郎は自分から悪気が抜けていくのを感じた。負の心は消え、ただ単純に驚嘆の衝撃がその身体《からだ》を駆け巡る。声も出ず、震えもしない。ただただその美しい様を見つめ続けるだけ。

少し慰められたか。お陰で、彼に笑みが蘇《よみがえ》った。……が、
彼女の方は違った。その殺気立った視線で、志郎は正気に戻る。そして、少女は咄嗟《とっさ》に地面に置いてあった『何か』を拾うと、森の中へ姿を消してしまった。

「何だったんだ……？」

一瞬のこと。神秘的な出来事だった。それでも一人取り残された志郎は、水面に残った波紋を見てそれが夢ではなかったと確信する。

島に来て早々の出会い。それが彼を絶望から救ってくれた。父譲りの好奇心がくすぐられ、青春を渇望させてくれる。この島も悪くないかもしれない。

志郎の瞳に希望が灯《とも》った。

もう一度、逢《あ》いたい――。

彼がそう願ったのは、偏《ひとえ》に彼女が可愛《かわい》かったからである。


築五十年は経っていようか、長年家主を失っていた木造の平屋建て。それが前田《まえだ》家の新しい住処である。雑草に囲まれ、決して綺麗とは言いがたい借家であったが、３ＬＤＫは男二人が暮らすには十分の広さだった。

神面島、最初の夜。居間の焼けた畳に腰を下ろし、志郎は外の暗闇を眺めていた。野生の鳴き声に耳を傾け、この島の本性を観察する。世界中を回っていたために身に付いた彼の習性であった。

「そう落ち込むな」

本を読みながら又衛門《またえもん》が慰める。

「ここも一応東京だ。日本語が通じるだけマシだろう」

「もう英語には不自由していないよ」

「それに暖かい。アラスカから一気に南国に来たからな」

「春だからね」

「そんなに行きたいのなら、東京へ行けばいいじゃないか。ここならアラスカよりずっと近い」

「ここは嫌か？」

「寧《むし》ろ遠くなってるよ。アラスカからなら十七時間。ここからだと二十九時間だ」

「嫌……とはまだ言い切れない」

その息子の答えに、父はつい笑ってしまった。

「何か見たのか？」

「よくよく考えれば当然だよな。父さんが選ぶところはいつも普通じゃない。何かある特別な場所だ」

「早速見たのか」

「ここには何があるの？」

父、答えず。いつもこうである。肝心なことは決して教えてはくれない。

「明日から学校だ。制服を用意しておけよ」

遂《つい》にはこれ以上は駄目だとばかりに、又衛門は風呂へ行ってしまった。まぁ、急ぐことはない。明日学校に行けば、先生なり級友なりが教えてくれよう。……排他的でなければ。

しかし、志郎にとってこんな想望に浸った転居初日は、本当に久しぶりだった。持ち上げられて、落とされて、また持ち上げられる。今度こそ真実であってくれと、少年は夜空に輝く星々に願いを掛けた。

そのときめきを胸に、志郎は転校初日を迎える。

「……」

そして、この有様であった。休み時間になると、早速彼はその仮面たちに囲まれてしまう。

「前田君ってどこから来たの？」

「アラスカって聞いたわよ」

「アラスカ!?　外国育ち!?」

「すっごい寒いんでしょう？　いいなー、行ってみたーい」

「トドだか、アシカだかがいるんだっけ？　一度でいいから生で見てみたいよねー」

次々にくる質問攻め。普通だ。口にする言葉もその態度も、一般人と何ら変わらない。

志郎の方も引越しのプロを自任するだけあって、実に上手《うま》く平静を装っている。

更に、

「アラスカだけじゃない。世界中を回っていたんだ。日本にいた時間の方が短いぐらいだよ」

と、志郎が答えると、彼女たちは黄色い歓声を上げて喜んだ。

「聞かせて聞かせて、その話！」

「外の世界なんて、滅多に行けないからねー」

同じ仮面が同じ笑みを見せる。不気味。されど、よくよく観察すれば見分けはついた。仮面には青、桃、紫など、それぞれ自分だけの色の花の模様が入っていたのだ。一つとして同じものはないのだろう。材質も恐らくは木製。重いものではないはず。ただ、紐《ひも》のようなものが見当たらないので、どうやって付けているのかまでは分からなかった。

そう頭を働かせていると、志郎も落ち着いてきた。彼女らの反応も悪くない。いい関係が築けそうである。そろそろ、その仮面について質問してもいい頃合い……。

「ちょっと！」

そこに、突然のきつめの掛け声。それは、ニコニコ仮面たちの中にある唯一のムカムカ仮面からだった。赤い模様の仮面を付けた例の左隣の彼女である。そして、否応《いやおう》なしに志郎の腕を摑《つか》むと、教室の外へ連れ出す。

「ちょ、真璃《まり》ー！」

「独り占めー!?」

女子たちの批判も、男子の殺気立った視線も他所に、その少女は堂々と彼を拉致してしまった。それは余裕が無かったから。彼女の内にある鬱憤が、小細工を選ばせなかったのである。

行き先は校舎の屋上。木造二階建てだから大した高さもないが、少女の迫力に押され、志郎《しろう》は心臓を跳ね上がらせていた。彼は低い柵に背を押し付けられ、上体は更に後方の宙へと逃げる。そこへ、怒りの仮面が詰め寄った。

「アンタ、誰にも話してないわよね?」

「何が……でしょう?」

少女の詰問に、志郎は空笑いしながら問い返した。

「惚《とぼ》けないで! アンタの罪が消えると思って!?」

「身に覚えが……」

初めて交わした言葉は、全く交わらず。戸惑う志郎を見て、彼女も少し落ち着いてきた。

仕方なし。少女は右、左、右、左、右、左、後ろと、しつこいくらい他に誰もいないことを確認すると、その仮面を外してみせた。

「あ」

そして志郎も思い出す。彼女は彼女だったのだ。昨日、あの池で目にした『神さま』である。

「私の素顔を見たことは、誰にも話していないでしょうね？」

「あ……ああ！」

彼も今更ながら彼女の金髪に気付く。あんなに魅了されたその白肌に気付く。不思議なものだ。目立つあの仮面ばかりに気が行って、それらに全く感付けなかったのだから。人間の心理というか……。そして何より、その目に焼きついていたのは……。

「昨日の裸の……んぐっ!?」

少女の咄嗟のボディブローが彼の口を止めた。次いで、もう一度確認。

「忘れた？」

「忘れた」

それでも疑いの目はその助平を許さず。しばらく睨《にら》みつけると釘《くぎ》を刺す。

「余計なことを口走んないでよ」

少女はそう捨《す》て台詞《ぜりふ》を吐くと、長居は無用とばかりに仮面を付けて行ってしまう。……と、その前に、志郎はこれだけは訊いておきたかった。

「名前は？」

「宇喜多《うきた》真璃。十五歳の高一よ」

そして、彼女は長い金髪を靡《なび》かせながら去っていくのであった。

早くも『神さま』との再会が叶《かな》った志郎。だが、どうやら素直に喜ぶことは許されないようだ。

尤《もっと》も、しばらくすればそれも些細《ささい》な悩みだったことに気づく。

昼休みの教室。志郎は昼食中の女子たちを観察していたのだが、その光景には驚きを通り越し唖然《あぜん》とするしかなかった。

彼女らは用意してきた弁当を普通に食べているだけ。机を付け合い、談笑しながら楽しい時間を過ごしている。但し、仮面を付けたまま。仮面越しに食事をしているのだ。

器用なものだ。仮面を汚さないように。……いや、動いてる？　口が？

「おい」

そこに突然の声掛け。しかも乱暴な口調で。

「ちょっと面を貸せ」

志郎が振り向くと、一人の男子が睨みつけていた。その目には明らかな怒りが混じっている。またまた身に覚えのないものであるが、取《と》り敢《あ》えず新人は承諾した。『現地人には素直に従う』が、彼なりの処世術である。

連れて行かれた先は、誰もいない空き教室。志郎は椅子に座らせられると、相手も険しい顔のまま向かいに腰掛けた。一緒に昼飯をということで、志郎も弁当を持ってきていたのだが、とてもそんな雰囲気ではなかった。とっとと用件を済ませようと、志郎から話し始める。

「えーっと、中村《なかむら》くんだっけ？」

「中村兵次《へいじ》。十六歳の高二だ。と言っても、ここじゃ学年なんて意味ないけどな。それと名前で呼べ。田舎じゃそれが基本だ」

「じゃあ兵次、何の用だ？」

「さっきの休み時間、お前、真璃と何を話してた？」

「え？　世間話」

「ウソつけ！」

怒声。しかも目を血走らせている。どうやら、真璃に連れ出されたときに感じたあの殺気も彼のものだったようだ。だが、それでも志郎は冷静に応じる。

「なに怒ってるんだ？」

「誤魔化すな、新入りのくせに。正直に話せ！」

「……あー、お前、真璃のことが好きなのか」

「違っ」

「なら、嫌いなのか？」

「何でそう極端になる！」

「なら、好き？」

「う……ぐぅ」

兵次、渋々ながら歯を噛《か》み締めつつ、必死に言葉を探した。そして……。

「あ、敢えて言うのなら……こ、好意的な気持ちをもっているとも……言えよう」

やはりか。実に分かり易《やす》い。田舎だからか？

更に、丁度いいとばかりに志郎はもっていた疑問もぶつけてみる。

「アイツの素顔は見たことあるのか？」

「ああ、三年前にな」

「ほう、その頃は付けてなかったんだ」

「説明受けてないのか？　引っ越してくる前に、島主からここの風習を教えてもらうはずだぞ」

「ウチの親父《おやじ》、そういうの省く癖があるんだよ」

「だから『神面』にビビッていたのか。初めて目にしたからって、あのビビりようはないよなー」

やっと笑みを見せた兵次くん。代わりに志郎の方が険しい面を晒《さら》してしまうが……。ともかく、本人の気持ちが収まったようで何よりである。志郎もようやく弁当に手を伸ばせる状況になった。

「それで、あの仮面は何なんだ？」

「この島の女子だけが付ける『神面』だよ」

「『神面』」

「ここに暮らす女の子は、年頃になるとあの仮面を付ける慣《なら》わしなんだ。純潔を護《まも》るという意味でな。だから、家族以外の男に顔を見せちゃいけないんだよ」

「ほう」

「あれは自分以外は心が通じた相手にしか取れない不思議な仮面で、彼女たちは自分の神面を取ってくれる特別な男子を待っているんだ。それはつまり婚約……」

「成る程。田舎に残る古《いにしえ》の風習か」

「ああ、俺もいつか、あの神面を取れるように……。あ、いや」

つい妄想まで口走ってしまう兵次だったが、気が利く志郎は聞き逃したふりをして質問を続けた。

「その神面、女子が自分で取ってみせたらどうなるんだ？」

「そりゃ、無効だろう。男が神面を取るって行為に意味があるんだから。つまり両想《りょうおも》いじゃないと。だから、男の方からは無理やり剝がすことも出来ないし……。お、卵焼き美味《うま》そうだな」

兵次に弁当の卵焼きを勝手に啄《ついば》まれるも、大人な志郎は島の情報料として甘受する。

「で、もし何らかの事故で女子の素顔を見てしまったら？」

「殺される」

「え？」

「大人連中が言うにはな。島民総出で殺しに掛かるから逃げられないし、何せ絶海の孤島だからな」

「そ、そうなんだ」

「まあ、そんなこと滅多にねぇよ。女子も島民もその辺は分かっているから、男がいるような場所では取ったりしねぇさ」

殺される……か――。

志郎は引越しのプロである。郷に入っては郷に従えという言葉を実践してきた彼にとって、それを受け入れるのは容易《たやす》いことだった。こんな孤島なら日本の法律など通用しないだろうし、島独自の掟《おきて》があるのも納得出来る。彼は早速それに触れてしまったということか。真璃が必死になるはずだ。

「困ったことがあれば俺に訊きな。この島のことなら何でも教えてやるから。一応、男子連中をまとめてるのは俺だからよ」

そして、兵次は自信満々に自分の胸を叩《たた》いてみせた。島のガキ大将というところか。身長は一六八センチしかないが、体重は八〇キロぐらいはありそうなので、一応貫禄《かんろく》は感じさせる。

「あ、兵ちゃんたち、いたいた」

そこに、他の男子たちが入ってきた。どうやらここは彼らの溜《た》まり場《ば》らしい。その内の小柄な少年が苦言を呈する。

「兵ちゃん、志郎くんを独り占めなんてずるいよー」

「アホ、俺はただ、島のルールを教えていただけだ」

「まぁ、兵ちゃんも三年前に来たばかりだから話が合うかもね」

三年前!? あれだけ偉そうにして？ 志郎もつい兵次を訝《いぶ》かしみながら見てしまった。

「い、いや……べ、別にウソは言っちゃいねぇよ」

彼がそう言い訳してしまったのは、その無言の抗議に耐えられなかったからだろう。

ともかく、確かにこのガキ大将は面倒見は良さそうだ。

放課後、志郎は早速兵次に遊びに誘われる。だが、まだ引越し二日目である。家の掃除もあるため、今回は丁重にお断りをした。家の周りの雑草を片付けなければ。

一人、未舗装の道を歩いていく志郎。アスファルトの道路なんて島のほんの一部にしかない。勿論《もちろん》、その程度の環境には馴《な》れていたのだが、志郎が浮かない顔をしていたのは、偏《ひとえ》に彼女のことでだった。

真璃《まり》を怒らせたままである。見惚《みほ》れた云々《うんぬん》もあるが、このまま距離を置いたままだと今後の生活に支障をきたしてしまう。何せ、逃げ場のない孤島だ。『現地の人とは仲良く』が引越しの秘訣《ひけつ》なのだから、疵《きず》が浅い内に修復しないといけない。

「確か、こっちだったか」

志郎《しろう》はあの場所へと向かった。

獣道を行き、枝木を避《よ》けては、小川を飛び越える。未《いま》だ正式な道を知らない。勘を頼りに突き進んだ。木々が押し合う窮屈な森に苦しみながらも、やがてオアシスかのような小さく開けた場所が現れる。

あの池だ。

そして彼女も。

「あ、アンタ！」

池のほとりに座っていた真璃が、彼の登場に神面の目を丸くさせ驚いた。彼女も下校中の寄り道だったようで、残念ながら今回は制服姿。前と同じだったのは怒りのみである。

「何でここにいるのよ!?」

追い出そうと志郎に詰め寄ってくる。

「忘れろって言ったでしょう！」

「忘れたのは君のはだ……かぁーっ!?」

小さな拳が志郎の脇腹に食い込んだ。そのお陰か、

「あ、あれ……? 昨日何か見たような気がするけど、思い出せないなー」

彼の記憶は正常に戻った。

その後、二人は一先《ひとま》ずほとりに腰を下ろした。真璃に出会えたことに安堵《あんど》する志郎に対し、彼女の方は既に怒りを通り越して呆《あき》れているよう。

「また勝手にこんなところに来て。この都会もん」

「マズかった?」

「マズいわよ。大マズ。聞いてないの?」

「申し訳ない」

志郎、深く頭を下げる。父に代わって。

「ここは男子禁制の竜神池。新人には真っ先に知らされることよ」

「何か特別なのか?」

「この池は邪《よこしま》なものを引きずり込むの。そうなったら二度と浮かび上がれない。そして、神面を付けている女の子は自分が清らかであるために、時々ここで身を清めているの」

成る程、だから昨日はここで神面を外していたのである。

「でも、男がダメっていうのは……」

「男は邪念の塊でしょう?」

　それも成る程、志郎もぐうの音も出ない。

　彼が改めて池を覗《のぞ》いてみると、身体《からだ》の芯を冷水が突き抜けたかのように感じられた。底が無いのだ。異様な透明度に相反した、光を拒む暗黒世界。とてつもなく深いのだろう。今となっては、神聖さよりも不気味さの方が大きい。

　そして成る程、この島には色々ありそうだ。志郎も納得した。

「父さんがここを選んだ理由が分かったよ。ネタの宝庫だ」

「ネタ?」

「ウチの父さん、小説家なんだよ。前田《まえだ》又衛門《またえもん》っていう」

「又衛門!?」

　真璃の声が跳ねた。

「知ってるのか?」

「そりゃもう。こんな何もない島で暮らしていると、自然と文学少女になっちゃうものなのよ。特に又衛門さんの作品は心躍らされるわ。世界中を舞台にしてて」

「ありがとう」

「今度、新刊出るんでしょう? 『灼熱《しやくねつ》大陸アラスカ』。楽しみだなー」

　それはもう満面の笑みだった。予想外の反応であったが、喜んで頂ければ志郎にとっても幸いである。ただ、一つ気掛かりなことが。

「ねぇ、会わせて、会わせて、サイン頂戴！」

その笑顔が彼に押し寄せてくる。いや、正確には笑顔の神面が。

変化したのだ。神面の表情が。本物の顔のように感情を表している。顔の筋肉と連動しているのか、はたまたその人の感情を読み取っているのか、神面は彼女の顔そのものになっていた。神面越しに弁当を食べていたのも納得出来る。摩訶不思議《まかふしぎ》だ……。しかし、世界は広い。

「その神面、まるで生きてるみたいだね」

「え？　うん、神さまの依《よ》り代《しろ》だからね」

「依り代？」

「木を削って作った仮面を、儀式によって神さまの依り代にする。すると不思議な仮面、神面になるの」

「へー。でも、何故《なぜ》神面なんてものがあるんだ？」

「神面島は外界と隔絶された島。昔は島を出ることも不可能だったし、この小さな土地で生き抜くためには皆で助け合っていくしかなかった。夫婦となれば尚更《なおさら》。そうなると、結婚相手は相性のいい人が望ましいでしょう？　神さまはその最高の相手を見つける手助けをしてくれているの。お陰で、神面外しをした夫婦は皆仲がいいよ。離婚なんて聞いたことがない」

「成る程なー。神面はこの隔絶された世界で生き抜くための術《すべ》か。よく出来ているものだ」

「今ある神面の多くは親から子へと何代にも亘《わた》って受け継がれてきたもので、私のこれもお母様やお祖母様《ばあさま》が付けていたものなの。私もいつかは心が通じ合った男性に外してもらうわ」

そして、神面がニコリと笑ってみせた。笑顔は人を癒してくれる。神面でもそう感じてしまうのは、それが神の依り代だからか。

「いい風習だ」

志郎も微笑《ほほえ》みながらそれを受け入れた。

「ありがと。でも、意外と落ち着いてるね、志郎って。外から来た人って、やっぱりこの神面には怯《おび》えちゃうもん」

「今まで色々な目に遭ってきたからな。アメリカでは宇宙人と生活したし、アマゾンじゃ半魚人と追いかけっこもした……」

「え？　じゃあ、又衛門さんの著書『テキサス・エイリアン・ロデオ』も『日本河童《かっぱ》、アマゾンポロロッカに挑む』も、全部ノンフィクションだったの？」

「特にアマゾンでは本当に死に掛けたよ」

「流石《さすが》、巨匠の息子。肝が据わってる！　三年前に来た兵次《へいじ》なんて、この神面を見たら三日間も家に引き籠《こ》もってたんだから」

「アイツ……」


何はともあれ、彼女の機嫌が直ったのはいいことだ。志郎もまた機嫌よく帰宅することが出来た。

すると、家の前でその巨匠と出くわす。庭の雑草を刈り取っている最中のよう。

「ああ、お帰り。どうだった？　学校は」

含みをもたせた又衛門の笑み。やはり彼は全てを知っていたか。志郎は渋い面で答える。

「……退屈はしなかったよ」

「小説のネタにはもってこいだろう？」

「俺はいつも巻き込まれる側だけどな。他に何か隠してない？」

「志郎、お前は小説の主人公だ。何も知らされぬまま、自らの目と耳で確かめていかないといけない。見知らぬ土地で様々な発見や体験をしていくのだ。中にはその身に危険が及ぶこともあるだろう。だがな、人間というのはそういったものを乗り越えて成長するものなんだ」

「そして、それを父さんの小説として具現化する……。でも、その度に死に掛けているんだぞ？」

「死にはしないさ。お前は強い」

「……」

「何より、儂《わし》の息子だからな」

最後に笑みをもってそう言われると、志郎もそれ以上は抗弁出来なかった。……ただ、今回は呆れたのではない。嬉《うれ》しいのだ。世界に誇る天才に、自分の父に認められていることが息子として素直に喜ばしかった。はにかみを見せてしまった志郎は堪《たま》らず目を逸《そ》らす。

何だかんだと言っても、この二人は最高の親子なのだ。

「お前の成長を楽しみにしてるんだ。親としてな」

立派な父親ぶりをみせる又衛門。一方で、息子をダシにネタを求めているのも確かだ。息子としては父の仕事を手助けしたいと思っているが、掌《てのひら》の上で踊るのは面白くない。尤《もっと》も、そんな若造の心理も又衛門には悟られていた。

「お前はこの島は嫌か？」

「嫌……ってわけじゃ」

その問いに、息子はつい煮え切らない答え方をしてしまった。お陰で父を笑わせてしまう。

「ふははは！　なぁ？　お前もこの島を気に入り始めたじゃないか。流石、儂の息子だ」

「うっ」

「まぁ、お前が頑張ってこの島を解き明かしてネタを見つけてくれれば、儂の執筆もすぐに終わり、今度こそ夢の大都会東京に行けるかもしれないぞ」

「……」

「どちらにしろ、お前はまだ子供。どう足掻《あが》いても、親の掌からは逃れられんさ。さぁ、とっとと着替えて刈るの手伝え」

その通り。今はまだ敵《かな》わないか。志郎は渋い面のまま渋々退散することにした。それを気の毒に思ったわけではないだろうが、又衛門が一言助言する。

「あ、一つだけこの島について教えておこう」

「何!?」

「竜神池ってところには近付くなよ。溺れるぞ。本当に死んだら洒落《しゃれ》にならないからな」

「……知ってるよ」


小鳥が囀《さえず》り、陽《ひ》の光が部屋に差し込む。朝である。されど、志郎は未だ夢の中にいた。これはまた、起こすのが申し訳ないぐらい気持ち良さそうな顔をしている。だが、そんなことはお構いなしとばかりに、その身体が揺すられた。

「ほら、志郎《しろう》、朝だよ」

聞き馴《な》れない目覚まし音。朝に聞くその甘い声は、まだ見ぬ母親を想《おも》わせるもの。

志郎は神面島三日目を迎……

「んわぁ!?」

えた途端、悲鳴を上げてしまった。視界一杯にあの神面があったのだ。

「ちょっと、失礼ねー」

真璃《まり》だ。真璃が顔を覗いていたのだ。勝手に部屋に上がられて、勝手に起こされた。しかも、あの神面を付けたままなのだから、尚更心臓に悪い。

女の子に起こされる朝がこれほど寝覚めの悪いものになるとは。自身に責任はないのだが、無警戒だったことを後悔する志郎であった。

「志郎、まだ神面に馴れてないの？」

「それもあるが、俺の部屋に勝手に入ってくるなよ。プライバシーってものがあるだろ」

そこは六畳の畳部屋。引越しの荷物は散乱したままで、布団も無造作に敷かれているだけ。女性が入っていい状況ではなかった。その上、彼は上下下着姿である。

それでも、当の彼女は気にしていないよう。

「田舎だからねー。アンタだって私の裸見たじゃない」

「記憶にございません。それより何だ？　その文庫の山」

志郎は真璃の隣にある本の山を指した。身に覚えがないので彼女が持ってきたものであろうが、それにしても多過ぎる。二十冊はあった。

すると、彼女が嬉しそうにその内の一冊の見返しを見せてくる。そこには又衛門のサインが。

「サイン、貰《もら》っちゃった」

「父さんの？　これ全部に!?」

これを持ってきた真璃も、それに応じた又衛門もよくやるものだ。特に真璃に至っては、朝っぱらからこんな量を持ってくる力仕事とはご苦労なことである。

だが、それももう済んだこと。その労力は彼に引き継がれたのだから。

「何で俺が持ってるんだよ」

登校する二人。しかし、志郎の足取りはその紙袋のせいで重かった。

「男でしょ？　そんな重い荷物、女の子に持たせないでよ」

「自分で持ってきたんだろう」

正に召し使い扱いだ。けれど、志郎も彼女の裸体を思い出せばまだ許せるか。一応、これでチャラである。

「でも、又衛門さん、気前がいいわね。全部にサインしてくれて」

「『現地の人とは仲良く』が、引越しの秘訣《ひけつ》だからな。こんな田舎で自分のファンに出会えて、父さんも嬉しいんだろう」

「田舎って……。私たちを田舎者扱いして」

「さっき自分で言ってたじゃねぇか！　それにお前は勘違いしてるかもしれないが、俺はそれ以上に田舎もんだぞ」

基本、父が小説のネタを求めて引っ越しているため、どうしても辺鄙な場所に住むことになる。ここに来る前にいたアラスカの山奥なんて、人よりグリズリーに遭う方が多いくらいだった。

「まぁ、いいか。それで、私の素顔のこと本当に誰にも話してないわよね？」

「ああ、父さんにだって」

「私、一応ここの島主の孫なの。それが男に顔を見られたなんてバレたら、一体どんな騒ぎになることやら」

「ほう、島主……。ならお嬢様か」

確かに、真璃からはどことなく気品が感じ取れる。

「べ、別にお嬢様ってわけじゃ。先祖は殿様だったなんて聞いたことはあるけどさ……」

「それに日本人離れしてるよな」

「ああ、この髪？　昔、我が家に外国人の血が入ったらしくて、それ以来、宇喜多《うきた》家の女は白い肌と金髪を受け継ぐようになったんだって」

「女だけ？」

「そう、女だけ。神面島の百不思議の一つよ」

「百!?」

「あ、別にキッチリ百あるってわけじゃないわよ。たくさんあるって意味だから」

「そうか」

「実際は二、三百ぐらいじゃないかな？」

「……」

ここは思いの外『大きな島』のようだ。


都立神面高等学校・附属中学校。志郎が転校した学校である。生徒数は彼を入れ十五名。その少なさから中高まとめて一クラスとなっているが、勿論《もちろん》授業になればそれぞれの教室へ移動することになる。こんな辺境の地に都立の一貫校があること自体、その百不思議の一つなのだが、それも島民たちの運動と議員の力によるものが大きいらしい。

「ほう、国会議員が出てるんだ」

「真璃の大叔父さんだよ。しかも、現職の文部科学大臣なんだ」

感心する志郎に対し、兵次は胸を張って答えた。まるで自分の手柄かのような語り口である。

登校した志郎に早々と寄っている彼の様は、もうマブダチと言ってもいいほどだ。志郎の机に腰掛け、先輩として身振り手振りで解説していく。しかし、内容がいけない。

「コラ、兵次。そんなこと説明しなくてもいい」

真璃が左隣の席に着きながら叱責した。

「何でだよ。この学校があるのも、お前んちのお陰だろう？」

「だから、そういうのはいいの」

気に障る話題なのか、真璃は不機嫌そうに兵次の言葉を散らした。だが、そこにしつこくもう一言……。

「だったら、もう少し綺麗《きれい》な校舎にして欲しいよね」

ただ、今回は兵次ではない。真璃はその発言元を睨《にら》んだ。

「ねえ、そう思うでしょう？　志郎」

そう声を掛けてきたのは、志郎の右隣の女子生徒だった。勿論、神面を付けているが、真璃のと違って青い模様が入っている。志郎も名字は知っていた。

「坂崎《さかざき》さん……だっけ？」

「直《なお》って呼んで」

坂崎直。志郎と同い年の十六歳。真璃とは違い純日本人だが、彼女もまた綺麗な肌と長い髪を備えている。何より特徴的なのは、その甘ったるい声だ。

「木造校舎に木製の椅子、机。もう何十年使ってるんだか。そろそろ新調してくれてもいいのにね」

決して変わったことを言っているわけではない。なのに、その言葉はそこはかとなく色香が感じられた。生まれ持ったものなのか身に付けたものなのかは分からないが、男心をくすぐるのは確かである。いい女だ。それでも志郎は身の程を弁《わきま》えて返事する。

「流石《さすが》に欲張り過ぎだろう」

「でも不満じゃない？　世界中を回っていた志郎からしたらさ」

「とんでもない。学校がないところの方が多いくらいだ。高校に通えるだけで十分感謝しているよ」

彼はそう笑顔で答えた。すると真璃にも笑みが戻り、直も「そう」と受け入れざるを得なかった。

だが、彼女は退散したわけではない。

「ねぇ、それより外国のことを教えてよ。アラスカとかアマゾンとか」

今度はまるで猫のように身を寄せてきた。顔を近付け、上目遣いで誘ってくる。神面越しでも少年の心臓が跳ね上がってしまうほどに。

「おっ……!?」

太股《ふともも》が！　志郎の太股が彼女の細い指でなぞられた。もう男心をくすぐるどころか鷲掴《わしづか》みである。

「色々経験したんでしょう？」

「や、まぁ、その……」

遂《つい》には耳元で囁《ささや》かれた。これには志郎も平常心を失……

「コラ、直！」

と、そこに金髪少女が割り込んだ。

「発情した猫みたいな真似《まね》止《や》めなさいよ！　みっともない！」

咎《とが》め立てて転入生を護《まも》る真璃。ただ、その行動自体は正しいのだが、彼女にはどこか不要な怒りまで混じっているようだった。喧嘩《けんか》腰《ごし》というか……。それでも直の調子に変わりはない。

「うん？　別に迷惑は掛けてないじゃん。真璃にだってさ」

「そういう問題じゃないでしょ。品性の話よ」

「何？　まさか妬《や》いてるの？　まだ転校二日目よ？」

「アンタこそ、早々と手を出して。はしたない！」

怒る神面に、見下す神面。それに加え、遠巻きに呆《あき》れている神面たち。他の生徒たちは、またかとばかりに冷めた視線でその様子を眺めていた。結局、それは担任教師の奥山殿介《おくやまでんすけ》がやってくるまで続く。

志郎は考える。引越しのプロの観察眼からすると、二人には元々確執があるように見えた。それを体育の授業中に確認してみると、やはり当たっていたらしい。

「前々からだな。あの二人は」

校庭を回るランニングがてら、兵次《へいじ》が志郎に教えてくれた。

「年がら年中ってわけじゃないけど、たまに言い合ったりしてるんだよ。何でかは分からないが……。だから、先生も気を利かせて二人の間に空の机を置いておいたんだ」

「何故《なぜ》、空なんだ？」

「誰も二人の間に入りたがらないからな。両隣から怒号と嫌味なんて気が滅入《めい》るだろう？」

「……え？　俺は？」

「それに従姉妹《いとこ》同士だからな。家庭の事情が関わっているのかも……しれないし」

「そうなのか。でも、直は金髪じゃないぞ？」

「男系だから……。真璃の伯父さんが……坂崎家に婿入りしたん……だ」

「ほう」

志郎が木陰で休憩中の女子たちに目をやると、案の定その従姉妹たちは距離を空けていた。互いに関わろうとしない。だけど、それがベストなのだろう。仲良くさせようとすれば余計壊れてしまうこともある。彼も納得した。

「まぁ、兵次の言う通り外野がどうこう言うもんじゃないよな」

「はぁ、はぁ、そうだな……。外野が……どうこう。っていうか、苦手なんだよな……直のこと。俺のこと……見下したような……まるで豚を見るかのような目で」

その息の荒さにも構わず、兵次は愚痴をこぼす。しかし、喘《あえ》ぐ一六八センチ八〇キロの肥満体は正に……。志郎《しろう》も気の毒に思った。

「それは酷《ひど》いな。せめてアルマジロだろう」

「ア、アルマジロ?」

「テキサスで見たアルマジロにそっくりだよ」

「慰めてるんだよな?」

「勿論」

一七八センチ七四キロの言葉に渋々納得するアルマジロ。けれど、この件で本当に気の毒なのは、その二人の間に座らされた志郎自身かもしれない。

「先生は何で俺をそんなところに座らせたんだ」

「志郎くんに期待してるんじゃない?」

「期待?って……あれ?」

何と！　志郎が少し目を離した隙に、隣を走っていた兵次がスリムになっていた。このランニングのお陰か、幅が狭まり、背も縮んでいる。顔も可愛《かわい》い系の美形に。一六〇センチ四九キロというところ。まるで別人だ。……そう別人だった。

「ビックリした、春麻《はるま》か……。いつの間に入れ替わったんだ？」

楢村《ならむら》春麻十五歳。志郎の一つ下で、真璃《まり》の同級生である。志郎が後ろを振り向くと、へばった兵次がどんどん離れていっていた。

「志郎くん、結構体力あるんだね」

「お前こそ、細い身体《からだ》して」

「こういうスポーツ系は得意なんだよ。力がいる運動は秀《ひで》ちゃんかな？」

その遠藤秀樹《えんどうひでき》は丁度二人の前を走っていた。既に一周遅れで、彼もまたしんどそうではあったが、何せ身長一九二センチの恵まれた体格である。筋肉質でもあった。あれで十五歳なのだから、こんな田舎には勿体無《もったいな》いとすら志郎は考えてしまう。

「で、期待って何だ？」

「志郎くんなら二人の間を取り持ってくれるかもってこと」

「外野がどうこうって言ってたばかりなんだが……」

「あくまで何らかのキッカケになればばって感じだから。それに二人も普段は普通に話をしてるしね」

「まぁ、考えは分かるよ。ただ、期待はするなよ。気になったら窘《たしな》めたりはするけど、俺の言うことなんか聞くかどうか」

「困ったことがあれば喜んで協力するよ」

どの世界にも確執というものはある。それが身近にあったことは残念であるが、命の危機に晒《さら》されるほどではない分、マシな事例だったのだろう。案外、他愛のない子供同士の喧嘩かもしれない。

志郎はそう自分を慰めるのであった。


実際、そうそう争いは起きなかった。お互い馴《な》れているのか干渉し合わず、昼食もそれぞれ別に食べているだけ。実に穏やかな田舎校の風景だった。……放課後までは。

「志郎、今日は大丈夫だろう?」

授業が終わると、兵次が志郎に声を掛けた。男子たちが集まって、彼の家でテレビゲームをするというのだ。初めは志郎もその気になっていたのだが、

「何言ってるの。アンタはこれを運ばないと」

左隣の真璃が紙袋を叩《たた》きながら勝手に断った。志郎が反論しようとするも、睨まれてそれも敵《かな》わない。代わりに右隣の直が突っ込む。

「なに?　早速、家に連れ込む気?」

「黙って」

「真璃こそ発情期なんじゃないの？」

「なっ……」

「なんだと、こらぁー！」と叫ぶ前に、志郎の手がその口を塞いだ。

「まぁまぁ、分かった、運ぶよ」

　この二人はすぐに離した方が良さそう。志郎はカバンを背負い紙袋を持つと、真璃の手を引いて教室を出て行く。一方、その手を握ったことで兵次が目を丸くしていたが、流石に志郎もそっちのことまで気が回らないので無視した。

　宇喜多《うきた》家への帰り道。まだ島主の家を知らない志郎は、真璃に従って黙々と緩い上り坂を歩いていた。『黙々』なのは、彼女が不機嫌だからである。が、やはり巻き込まれている手前、彼はその理由を訊いておきたかった。

「なぁ、真璃。直とは仲が悪いのか？」

「どうして？」

　あからさまな低い不愉快声。だが、それも覚悟の上。

「あれだけ言い合っていればな……。理由がなければ、それはそれで不自然だ」

「別にー。昔からあんな感じなだけ」

「けれど、両隣で口喧嘩《くちげんか》をされたら真ん中としては気が滅入る」

「喧嘩じゃないって。あれが普通なの」

「従姉妹だから？」

「……何よ、直《なお》のこと気になるの？」

「まぁ、お前ほどじゃないけどな」

「……バカ」

そして、彼女は赤くした神面をプイと背けさせた。分かっていたことだが、志郎の出る幕はなさそうだ。

しばらく坂を上っていると、やがて一軒家が見えてくる。大きい。この島一番の屋敷だ。

「流石だなー」

集落を見渡すように建つ、平屋の日本家屋。敷地も広く、それを護る門構えもまた立派なもの。建物自体は年季が入っているものの、前田《まえだ》家のオンボロとは格が違った。

「はい、ありがとう」

志郎が門の前で紙袋を返すと、真璃は礼を言って早々と行ってしまった。彼も期待していたわけではないが、何か物寂しい別れ方である。やはり余計なことを言ってしまったせいか。

そして、志郎が頭を掻《か》きながら帰路につくと、代わりとばかりに彼女が現れた。

「よっ」と手を挙げて声を掛けてくれたのは坂崎《さかざき》直。真璃と違って笑顔の神面を見せてくれている。刺々《とげとげ》しい空気から一転し、志郎の不快感も消え去った。

「もう帰るの？　真璃んちに寄っていくんだと思ったけど」

「いや、荷物運びだけだよ。それに兵次たちにも誘われてるからな。じゃあ」

と、志郎は軽い挨拶ですれ違おうとしたが、彼女の華奢《きゃしゃ》な身体に道を塞がれる。

「だったらウチに来なよ。お茶ぐらい出すよ？」

「え？　けど兵次に呼ばれてるし」

「アイツの家、知ってるの？」

「……いや」

「なら決まり！」

　こうして、今度は志郎が引っ張られ連れて行かれてしまった。


　坂崎家の方は宇喜多家とは違って普通の現代的な家だった。築一〇年から二〇年というところか。こちらも裕福な家系なのだろう。

「こっちの家は新しいんだな」

「まぁ、そこそこね。前のは大正時代に建てられたいかにも古民家って感じで、その前なんか茅葺《かやぶ》き屋根だったんだから」

「この島にも長い歴史があるんだな」

カーペットが敷かれた女の子らしい彼女の自室で、志郎は神面島最初のお呼ばれを満喫していた。出された紅茶を口にし、窓から見える美しい山景を堪能《たんのう》する。野の香りが鼻をくすぐり、耳には鳥の囀《さえず》りが入ってきた。

「いいところだ」

破顔の志郎。

「退屈なところよ」

苦笑の直。

「最初、人すら住んでいない無人島かとも思っていたけれど、なかなかどうして……」

「まぁ、電話はあるし、テレビもあるし、郵便局もあれば、今じゃインターネットもある。最近になってやっと人並みの生活が送れるようになったかな。あ、携帯電話はまだ無理だけど。でも、狭い島だから必要ないかな」

話の感じから察するに、彼女は大人びていた。少なからず達観しているよう。これならあのことを訊いても酷くはならないかもしれないと、志郎は一息置いて質問する。

「ところで直、お前、真璃とは仲が悪いのか？」

「うん？　別にー。時々からかってる感じかな？　年上としての余裕っていうか」

確かにそんな傾向はあった。ただ、特に深い意味がないのなら、志郎としては控えて欲しいところ。

「ならちょっかい出すなよ」

「こればかりは私の性癖だからねー」

と、言いながら、直は彼の太股《ふともも》を指でなぞる。

「それもお前の性癖か？」

「ははーん、このぐらいで緊張するなんて。世界中を回っていても純朴なんだねー」

意地悪な笑みを見せる神面。その上、調子に乗って掌《てのひら》で擦《さす》り始めた。いけない。思春期の少年には刺激が強過ぎる。

志郎は耐えるが、その一方自分が情けなくなった。何せ、素顔を知らない相手にこのざまなのだから。直もそれを察している。

「もしかして童貞？」

「ち、違うわ。お前こそ、神面を付けてるってことは男と縁が無いってことだろう？」

「なら、取ってみる？」

彼女はもう片方の手で自分の神面をなぞった。

「話は聞いてるんでしょう？　女の子の神面を男の子が取る。それが婚約の証《あかし》になるって」

「けど、両想《りょうおも》いじゃないと取ることは出来ない」

「そう、だから試してみる？」

志郎《しろう》、思わず息を呑《の》んでしまう。互いに性欲に身を任せてしまったら、本当に取れてしまうことも……。

徐々に近付けられる笑顔の神面。その奥の素顔も笑っていよう。逃げられないと分かっているのか、彼女は焦《じ》らすように男の身体を撫《な》でていった。

「さぁ、取って。それとも神面を付けたままの方がいいの？　変わった趣味」

「本気か？」

「志郎次第」

その距離十五センチ。神面越しだというのに甘い息が志郎の鼻をくすぐる。退けたい。距離を置かねば。されど本能が邪魔をする。情欲が迫れば迫るほど、志郎はもがき苦しんだ。

そして遂《つい》には、押し迫った彼女の胸が彼の胸を突く。

それでも志郎は残った僅かな理性をもって、直の身体をゆっくりと押し返した。

「ダメだ」

「何故《なぜ》？」

「急ぎ過ぎだ。おかしいだろう。そこまでする仲か？」

静かに、真面目に、じっくりと、志郎は神面の目を見つめる。何も見えない暗黒の穴。

それでも、その先にあろう彼女の瞳に本心を語りかけた。

するると、

「ぷっ」

直は吹き出し、身震いをする。次いで大笑い。

「あはははは……ゴメン、ゴメン」

腹を抱えて謝罪した。志郎もそれを理解し、大きな溜《た》め息《いき》をつく。

「その茶化す癖は止《や》められないのか？」

「性癖なんでね。それに……」

直は窓の方を指す。志郎が眺めていたものとは別の窓。その先には立派な屋敷があり、更にそこの窓からは少女がこちらを見ていた。見覚えのある神面の……。

「真璃《まり》!?」

そう、隣は宇喜多家だった。志郎も決して忘れていたわけではないのだが、まさか見られていたとは……。真璃が怒気にまみれた目付きでこちらを睨《にら》みつけている。神面が真っ赤だ。それを見て直は大喜び。

「ふふふ、怒ってる、怒ってる」

「お前なー」

これには志郎も大呆《おおあき》れ。ただ、やり過ぎだが、そこまでする直の気概には驚かされた。

肝が据わっている。

「丁度、ここと真璃の部屋は向かい合わせでね。ここでカーテンを閉めたら、あの子どんな気持ちになるかしら？」

悪い笑みを見せる彼女の神面。しかし、これ以上はやり過ぎを通り越して事件になりかねない。志郎は紅茶を飲み干すと席を立った。

「ごちそうさま。今日は帰るよ」

「えー、ゆっくりしていきなよ」

「早くここから出ないと、真璃の機嫌が更に悪くなる」

「モテるねー」

また茶化す直。ただ、その言葉が志郎に引っ掛かった。

「それだ、それが分からないんだ」

「うん？」

「アイツは俺のことが好きなのか？　まだ三日目だ。正直信じられない。けれど、あの怒りようも嘘《うそ》だとは思えない。そしてお前自身、俺をどう思っている？」

モテるのは結構なことだが、これは異常なモテ期である。その裏を知っておかないと、後々恐ろしいことになるかもしれない。本人に聞くのは気が引けるが、背に腹は代えられないと、志郎は平常心を保って問い質《ただ》した。

「うーん、どうなんだろうね。私の勘だと、真璃にとって志郎は『好きな人』より『ヒーロー』や『アイドル』の方が近いんじゃないかな？」

「あいどる!?」

「この島に住んでいる少年少女はね、外の世界で生活してみたいと一度は願うものなのよ。だから、内地から来た子には興味津々に近付くわけ。東京を夢見る私たちにとっては、海外旅行なんて幻みたいなものだから」

「そういうことか……」

「アイドルを独占されて嫉妬してるんじゃないのかな？　その上あの子、前田又衛門《またえもん》のファンだしね」

「お前もそう思っているのか？」

「そうねー」

「だからって、あんなことまではしないだろう」

「ふふ、ただの気紛《きまぐ》れよ」

答えず……か。神面のせいか、志郎は彼女の本心までは読み取れなかった。

海外経験豊富な志郎にも、その性癖を止める術《すべ》は思いつかず。本当に何も出来ない。今のところは。

神面に竜神池……。不思議な孤島での一番の悩みは、どこにでもある人間関係だった。

第二話　掟

暦ではまだ四月だが、その暖かさは梅雨が過ぎてしまったかのような錯覚を起こさせる。学《まな》び舎《や》では、早々とシャツを半袖にした志郎《しろう》が、兵次《へいじ》ら学友たちにすっかり溶け込み談笑していた。

とは言っても、主に彼の海外話がメインだ。テキサスではエイリアンとルート66を走ったとか、エジプトではマミーと共にアレクサンドリア図書館の蔵書を見つけたとか、エベレストではイエティの修行僧に出会ったとか、その内容はとんでも話ばかりである。それでも、ここの子供たちからすれば、映画以上に心揺さぶられるものがあったようだ。

こうしてすっかり島に馴《な》れてしまった志郎であったが、不満がないわけではない。ここの生活に馴れるということは、要はあの二人の扱いにも馴れたということ。しかし、それは神経を擦り切らされることでもあった。

「何だって!?」

この日の休み時間も、真璃は直《なお》に突っかかっていた。志郎も何を言ったかまでは分からなかったが、凡《おおよ》その想像は出来る。

「だから真璃ってさー、昔から……」

彼はそう言い掛けた直の口を右手で塞ぎ、身を詰めてきた真璃を左手で押し返した。

「お前ら、止めろ。今は言い合いなんて聞きたくないぞ」

常に火の元に注意し、火事になる前に消火する。二人の間の席である志郎だからこそ可能な防災システムであるが、それは早々にガタがきてしまっていた。

次の授業のために別教室へと移動する中、その志郎の疲れに気付いたのか、二人のお姉様方が声を掛けてくれる。

「まるで親だね」

そう言うのは、高三の本多《ほんだ》大夢《ひろむ》。仮面模様は桃。

「二人の相手は大変でしょう？」

続けて言うのは、同じく浮田《うきた》奈々子《ななこ》。仮面模様は紫。二人は唯一の上級生である。

「まるで他人事《ひとごと》みたいに。一応先輩なんだから助けてくれ」

「助けてってねー。あの二人は放っておけばいいのに」

志郎が救いを請うと、大夢はやはり他人事のように助言した。

「両隣じゃなかったら放っておくよ」

「でも、席を替えてくれとは言ってないんでしょう？」

志郎が愚痴をこぼすと、奈々子は立派だと褒めた。

「……まぁ」

「優しいんだね、志郎くんは」

神面がニッコリ。この学校で最もお淑《しと》やかな奈々子に慰められると、志郎も少しは安らげた。

「ただ、耐えられなくなったら、私から先生に言ってあげるから」

「ありがとう」

優しい人である。こんな思いやりがあの二人にもあれば、彼もどれだけ救われることか。しかし、もう片方の先輩は違う模様。

「けど、いいじゃん、モテてるんだから。今のうち女の子に優しくしておけば、将来お嫁さんに困らないわよ」

桃色神面が意地悪な笑みを見せた。大夢も直と同じく、茶化すのが好きなタイプなのだろう。

「将来より今の方が大事だ」

「まぁまぁ、君はアイドルなんだから。大きな懐でファンたちを受け入れなきゃ」

「大きな懐ね……」

「困ったら手助けするよ。じゃあね」

そして二人は三年生の教室へ入っていった。根は良い。彼女らに限らず、皆良い人なのだが、だからこそ真璃《まり》と直からは『悪役』を生み出したくはなかった。そう志郎が悩んでいると、その内の一人に背を叩《たた》かれる。

「授業、始まりますよー」

「直!?」

「どうしたの？　忘れ物？　筆記用具なら貸すよ？」

「いや、何でもない」

「そう。殿介《でんすけ》先生、すぐそこまで来てるから早く教室入ろ」

「ああ」

普通だ。からかうときのようなネットリとしたイヤらしい視線はない。

これが本来の彼女。大抵はこの『素顔』なのだが、ずっとこうだったらどれだけ助かることやら。性癖とは実に罪深いものである。


午後は美術である。中高合同のひとまとめ授業であるが、十五人はこの暑いのに校庭に出させられていた。

「はーい、全員揃《そろ》ったね」

指導するのは女性教師、花房佐奈《はなぶささな》。齢《よわい》二十五ながら神面を付けていたが、その理由は至極簡単、内地から来た未婚女性だからである。ここの風習に則《のっと》って付けているのだ。

「今日は先週に続いて写生ね。校庭から見える風景を描いて」

まだ四月。なのに先週に続いて写生とは。実技なんて時期尚早ではないかとも思うが、よくよく考えれば仕方がないことでもあった。彼女の専門は数学。教員不足から渋々美術の教鞭《きょうべん》を執っていたのである。学習指導要領は大丈夫なのかとも心配するが、その辺は上《う》手《ま》く辻褄《つじつま》を合わせているのだろう。

志郎は一人、スケッチブックを片手に木陰に腰を据える。未《いま》だ浮かない顔つきをしていたが、今回は仲裁疲れからではない。単純に絵が苦手なのだ。だから一人でいたのだが、それを許すまいと真璃も隣に座ってきた。

「志郎は何描くの？」

「あっちの方かな」

「あっちって、山しかないじゃん」

「だから描くのが楽なんだろう？」

「面白くないでしょ。向上心ないなー」

「いいじゃない。初めてなんでしょう？　スケッチ」

そう擁護してくれたのは直。当然のように志郎のもう片側に座る。そして当然のように真璃の神面のこめかみにシワが寄った。それを無視して直は続ける。

「私たちって中高合同での授業が多いから、スケッチも何度もやってるのよね」

「けど、そのくせ全然上達してないよね、直は」

今度の喧嘩《けんか》は真璃からか……。志郎、火事が起こる前に消火に努める。

「分かった、分かった。ほら、描くぞ」

スケッチ、スケッチ、スケッチ！　今はとにかくスケッチに専念すべし。たとえ苦手でも、黙っていられるのなら志郎は喜んで鉛筆を動かした。

挑発した手前真璃も真剣に描き、隙を見せないからか直も黙々と描く。三人は沈黙の時間を過ごした。

そして……。

「出来たー。疲れたー」

四十分後、完成。肉体作業以上の疲労感に圧《お》し掛かられながら、志郎は満足げに宣言した。

渾身《こんしん》の一品だ。他人に見られるという恥ずかしさもあったが、それでもその出来には納得している。もうこれ以上のものは望めない。彼は何度も頷《うなず》きながら、その何の変哲もない山の絵を見つめ続けた。

「見せてー」

少女二人に覗《のぞ》かれるも、その自信に揺るぎはない。……が、

「まぁ……初めてだから仕方ないよね」

「私も六歳頃はそんなものだったし」

「……」

真璃、直のその評価に、彼は作業中のようにまた口を閉ざしてしまった。更に傷付けまいというその言葉選びが、少年を余計辛《つら》くさせてしまう。更に更に、佐奈先生がとんでも

ないことを言い出した。

「はい注目ー。今日はここまで。それと宿題を出しまーす。いつもの生き物の写生よ」

「っ!?」

「島にいる動物、鳥、虫など、何でもいいから生き物を描いてきてね。来週の授業の最後に提出してもらいます」

その宣告を何てことのないように聞き入れる生徒たち。冷や汗を流すのは転入生だけだった。それを心配し、真璃、次いで直が声を掛けてくれる。

「凄《すご》い汗だよ、志郎。今日は暑いからね」

「なら、帰りに『うきた屋』でアイス食べようかー」

少女たちの思い違いの気遣いを、彼は呆然《ぼうぜん》としたまま聞き流すのであった。


放課後、志郎は真璃と直、そして何故《なぜ》かいる兵次と共に、港近くにあるこの島唯一の繁華街に来ていた。駄菓子屋『うきた屋』でアイスを頬張る四人。淑女二人を店外のベンチに座らせ、紳士たちは自らの身体《からだ》で日陰を作る。

「暑い日はレモンバーに限るなー。これさえあれば何もいらん」

上機嫌に頬張る兵次に、真璃が疑問を投げ掛ける。

「兵次っていつもそれだよね。よく飽きないわ」

「美味《うま》いものがそこにあるのに、わざわざ他に目移りする必要はない」

成る程、筋は通っている。一方、直も志郎に話を振った。

「志郎はモナカが好きなの？」

「日本のお菓子だからな。やっぱり日本が恋しいよ。そういえば真璃。このうきた屋ってお前んちの親戚か？」

「え？　ああ……。親戚って言えば親戚だけど、どちらかと言えば奈々姉んちの方が近いかな」

「この島、親戚だらけか。そりゃそうだよな」

続けて、兵次も話題を用意する。

「で、スケッチの宿題、皆はどうする気だ？」

「まだ考えてないけど、まぁ、適当に。真璃は？」

「春麻《はるま》んちの犬は去年描いたし、秀樹《ひでき》んちの大鷲《おおわし》は一昨年描いたし、神社の大蛇は一昨々年《さきおととし》描いたし……」

直も、そして真璃もまだ決めかねているよう。彼女の口から列挙される題材から鑑みるにそこそこ腕はあるようで、だからこそ余計妥協をしたくはなかったのだろう。

答えの出ない真璃に痺《しび》れを切らせ、兵次が先に宣言する。自信満々に。

「俺はオオトカゲを描く」

「オオトカゲ？」

首を傾《かし》げるは志郎《しろう》。その目の前に、兵次《へいじ》は得意げに指を振った。

「知らないのか？　百不思議の一つ、カミツラオオトカゲだ。ここにしかいない固有種だよ。日本唯一のオオトカゲだ」

「ほう」

それに直《なお》が付け加える。

「けど、年に二、三回しか目撃されない希少動物だからねー。冬は過ぎたけど見つけられるの？」

「探し出す。目星は付けてるんだ」

「オオトカゲか。どっかで見たなー」

頭を過《よ》ぎった一場面が志郎の口から漏れた。他意はない。その姿は朧《おぼろ》ですらあったから。

だが、兵次にとっては聞き捨てならない言葉である。

「本当か!?　どこだ、どこで見た!?」

「どこだっけか？　なんかボーっとしてて曖昧なんだよな」

「おい、しっかりしろ！」

「記憶がないんだよな。何で記憶がないんだろう？」

ダメだ。志郎、首を傾げるばかり。

「ま、自分で見つけるんだね。その方が株も上がるでしょう？」

記憶をなくしてしまった原因に兵次は宥《なだ》められ、一先《ひとま》ずこの件は落ち着いた。


「ニャー」


猫だ。猫が現れた。建物の陰からやってきて、直の足に擦り寄っている。

「お？　いい子がいた。私、この子にしよう」

「どこの猫？」

人懐っこい猫だから、志郎はそう思ってしまった。だけど違うらしい。

「野良よ。カミツラヤマネコといって、これも百不思議の一つ。お魚目的でよく港に来るの」

確かにイエネコと比べて頭が小さめである。それでも人には馴《な》れているようで、直が抱き上げると大人しくその膝に顔を埋《うず》めた。

「百不思議ばかりだな」

流石《さすが》にヤマネコ程度なら志郎も驚きは少ないが、そもそもそこら中にあるからこそ百不思議なのである。

「だから言ったじゃん、たくさんあるって。で、志郎はどうするの？」

「ん……まぁ、素人向けなのを……」

真璃《まり》の問いに渋い面で答えた志郎。尤《もっと》も、彼にとっては全てが玄人向けなのだが。

ともかく、彼のような初心者には時間が必要だった。平日の放課後程度では足りな過ぎる。だからとて、日を跨《また》いでのスケッチは相手が生き物故に難しい。自分の家はペットなど飼っていないし、他人の家では何度もお邪魔することになり迷惑だ。虫を捕まえることも考えたが、一晩で死なせてしまいそうである。罪悪感もあった。

「ということで、今日目一杯使って描くことにしたんだけど、何かいいモデルないかな？」

休日。一家団欒《だんらん》の朝食中に、志郎は父に助言を求めてみた。少なくとも自分よりは博識である。

「スケッチか。お前は絵とは縁がなかったからな」

「父さんに似たんだよ」

「失礼な。寧《むし》ろ儂《わし》は絵で食べていこうと思っていたくらいだぞ。小中高とそれぞれ一度は受賞したし、国からも賞を貰《もら》った。展覧会などにも出したしな」

「何故、文芸の道に？」

「絵を描くには場所が必要だったからな。絵の具の汚れもある。親父《おやじ》がいい顔をしなかった。……まぁ、それはともかく、魚なんかにしたらどうだ？」

「魚!?　そうか、死んだ魚なら家でも描けるし動かないね。ナイスアイデアだよ」

「漁協に行って今朝揚がったヤツを買って来い。夕飯はそれだ」

流石、偉大な父である。こういう的確な助言を与えてくれるから、未だ息子は尊敬の念を失っていないのだ。

「じゃあ、飯食ったら早速行ってくるよ」

そこに、

「おはようございます！」

真璃の声が聞こえてきた。

志郎が玄関へ行ってみれば、立っていたのは私服の彼女。手にはスケッチブック、肩からはバッグをぶら下げている。

「直はまだ来てないよね？」

真璃は志郎の後ろを窺《うかが》いながら訊いた。

「え？　来るのか？　聞いてないんだけど。お前のことも」

「どうせ来るに決まってるわよ。だから先に来たんだから。絵の先輩、この島の先輩として面倒を見てあげようっていうのよ。ほら、スケッチに行こう」

「誘いに来たのか。いいよ、俺は魚を描くことにしたんだ」

「魚!? 素人のアンタが、水中を泳ぎ回る魚なんて描けるわけないじゃない」

「いや、死んだ魚を……」

「死んだ!? ちゃんと聞いてたの? 先生は生き物を描けって言ったのよ。死んだ物を描いてどうするの?」

「そ、それは……」

「待ってるからすぐ準備してきて。水筒持参よ」

志郎、抗弁出来ず。ここは大人しく先輩に従うしかなかった。


今日も天気がいい。こんな日はピクニックなんてのがお似合いだろう。それを叶《かな》えるかの如《ごと》く、志郎と真璃は島の中心部、神面山へと向かっていた。勿論《もちろん》、荷物持ちは志郎で。

「どこまで行く気だ?」

人里を離れ、早一時間。行く先を知らされていない志郎は不満げに彼女に問うた。

「まだ半分ってところよ」

「けどな……」

今いる場所は完全に森の中。文明の気配すら感じられず、見上げて目にする狭い空は彼に心細さを感じさせた。軽めとはいえ、基本上り坂だ。肉体的にも精神的にも疲労を与える。

「男でしょう。シャキっとしなさいよ」

「意味を知らされない散歩ほど疲れるものはない。せめて何を探しているのか教えろ」

「狼《おおかみ》よ、カミツラオオカミ」

「狼？　そんなものまでいるのか」

「百不思議の中でも五本の指に入るくらい見つけるのが難しい動物なんだから」

「オオトカゲよりも？」

「時々、夜中に遠吠《とおぼ》えが聞こえてきたりするんだけど、最後の目撃例は二十年前なの。ウチのお母様が見たんだって」

「二十年前!?　何でわざわざそんなものを」

「折角描くんだから珍しいものを描きたいじゃない。さぁ、行くよ」

話はお終《しま》いとばかりに、真璃はとっとと先へ行ってしまう。志郎ももう黙って付いていくしかなかった。

どのくらい歩いただろうか。陽《ひ》は既に天辺《てっぺん》に差し掛かり、志郎の腹の虫も鳴き出している。森の中という閉塞感が、彼に嘗《かつ》て味わったアマゾンでの辛《つら》い体験を思い出させていた。

それでも彼女が先を進むので我慢していると、やっと少し開けた場所に出られた。海も一望出来る絶景スポットだ。

「とうちゃーく」

そして、ようやく真璃が両手を挙げて終着を告げてくれた。

「こんなところまで来ちまって大丈夫なのか？　腹も減ったし。弁当でも持ってくれば良かったな」

「もう、業突く張りだなー」

仕方ないとばかりに彼女が志郎からバッグを取り上げると、そこから取り出したのは弁当箱。しかも、量からして二人分。真璃もちゃんと考えていたのだ。

正にピクニック。シートを敷き、弁当を囲んで自然を満喫する。志郎も腹が減っていたのでよく口が動いた。

「美味《おい》しいな。外で食べてるからかな？　それとも腹が減ってるから？」

「失礼ね。本人の前で」

「ほう、真璃が作ったのか？」

立派なものだ。美味いのは勿論だが、それだけではなく、おにぎり、からあげ、卵焼きと、男子が好きそうなものをラインナップしてある。確かに、これだけ準備しておいて邪魔者に先を越されたら浮かばれないだろう。

「ま、まぁ……お母様にもちょっとだけ手伝ってもらったけど……」

「成る程、美味しいわけだ」

「ありがと」

神面ニッコリ。志郎もニッコリ。

「ほら、このおにぎりはどう？　自信作なんだから」

おにぎりが自信作――？　見た目は悪いが、形など二の次だろう。志郎がパクリと頬張ると、真璃が身を乗り出してきた。

「どう？」

「美味《うま》い」

「でしょ？」

「けど、梅干の種を取っておけば、もっと美味しいと思うぞ」

「……」

こうして二人は楽しい昼餐会《ちゆうさんかい》を過ごした。そんな中、真璃はこの場所を選んだ理由を明かす。

「それで二十年前、お母様がここで休んでいたら一匹の狼を見たんだって」

「森の中だぞ。狼ってこんなところにも出るのか？　固有種だからかな」

「この島なんて七割方が森だからね。ともかく、あとは出てくれるのを待つだけよ」

「そりゃありがたい。これ以上進んだら帰れなくなりそうだ」

腹を満たし、食後のお茶を済ませると、あとはひたすら待ち続けるだけ。スケッチブックを片手にいつでも来いと勇む真璃は、常に周囲を見渡し気をやり続けている。一方、志《し》郎《ろう》はシートの上で横になっているだけ。

「ちょっと、探す気あるの？」

当然、真璃は不満を口にするが、彼の気が乗らないのもそれまた当然であった。

「急に連れて来られたんだぞ。それに描きたがっているのはお前だろう」

「志郎だって描けばいいじゃない」

「初心者だぞ。もっと簡単なものじゃないと」

「向上心がないなー」

それでも寝転がっているのも悪いかと、彼も身を起こした。

「それはともかく、早々見つかるもんじゃないだろう。遠吠えが聞こえるってならまだ生息しているんだろうが、二十年も見つからないんなら相当警戒心が強いはずだ」

「うーん」

「何か準備をしてこなかったのか？　見つける方法を」

「うーん」

「誘《おび》き出す餌とか」

「うーん」

「となると、本当に……ひぁ！」

小さな情けない悲鳴。

「うぉ!?」

続けて、今度は大きめの驚声。志郎のこの二連発に、真璃も神面の目を丸くして振り向いた。その原因は、

「オオトカゲだ」

カミツラオオトカゲである。コイツが背後から彼の手を舐《な》めたのだ。その証拠に、指にはバッチシ唾液が付いている。汚い。凹《へこ》む。

「うわぁ……ってか、デカいな」

引く志郎。が、そんな暇はなかった。全長二メートル強の爬虫《はちゆうるい》類である。動きは鈍いが、威圧感は十二分。現代に蘇《よみがえ》った恐竜だ。

「真璃、下がれ。下がれ！」

彼女の楯《たて》となり後退を促す。しかし従わない。それどころか、その丸い目を輝かせていた。興味津々。下がるどころか、その楯を押し返す始末。そして遂《つい》には飛び出して、

「カワイイー！」

と、喜びながらその頭を撫《な》で回した。

「真璃」

「大丈夫だよ、大人しいから。草食だし、あとは虫ぐらいしか食べないよ」

撫で撫で撫で撫で。猫でも相手しているかのように撫で続ける。トカゲ自身どう思っているかは分からないが、少なくとも嫌がってはいないよう。

「そうだ、志郎はこの子を描きなよ。ジッとしてるから描き易《やす》いよ」

「う、うむ……」

志郎、トカゲの目を見る。確かにつぶらな瞳で大人しそうだ。愛嬌《あいきょう》もあった。真璃《まり》が残っていたプチトマトをあげてみると、ゆっくりと口の中に入れている。

嘗て、彼がアマゾンで出遭った人食いワニとは違うかもしれない。襲われたとしても指の二、三本で済むことだろう。彼も警戒を緩め、スケッチブックを手にした。

「お前もコイツにしたらどうだ？　十分珍しいんだろう？」

「うん……。でも、もうちょっとだけ粘ってみるよ」

それでも真璃はやっぱり大物狙いらしい。なら好きにさせるべきだろう。それに、その方が志郎にとっては都合が良い。同じ題材では、絵の上手《うま》い彼女と比べられてしまう。少年はこれ以上凹みたくはなかった。

静かに過ぎていく時間。志郎も、真璃も、オオトカゲも、黙々と自分の役目を務めていた。されど日が傾くにつれ、彼女の神面もまた陰っていく。

森の笠《かさ》を抜け、広場に陽が入ってくると、それも顕著になった。陽が眩《まぶ》しかったのか、身動き一つしなかったオオトカゲが去ってしまう。

「あ……。仕方ないか」

残念がる志郎ではあったが、取《と》り敢《あ》えず一通りの形は描けている。あとは家で仕上げられるだろう。突然のピクニックだったが、そこそこ良い結果に終わって彼は満足だった。

……いや、そう決めつけるのはまだ早いか。

「真璃、どうする？」

答えない。悲しそうな神面のまま、遥《はる》か先を見つめている。

「陽が暮れてきた。そろそろ引き上げないと」

答えない。体育座りのまま、遥か先を見つめている。

「別のにしたらどうだ？　今回は運が悪かった」

答えない。焦燥を胸に、遥か先を見つめている。

「そんなに狼がいいのか？」

「……うん」

やっと答えるも、

「それに、今じゃないと……」

彼女には拘《こだわ》る理由があった。しかし、それを教えてくれればいいものの決して明かしてはくれない。勿論《もちろん》、志郎はそれが不満だったが、その神面を見ていると強くは言えなかった。

　せめて手助けをと、彼は幾多の経験から糧になるものを見つけ出す。

「狼か……。試してみるか」

　自信はない。それでもしないよりはマシだろう。志郎は立ち上がると喉の調子を整えた。

　真璃も何事かと注視する。

　そして一気に発す。人のものではない。遠くへ伝わるよう、長く尾を引いた低い鳴き声。遠吠えである。正に狼のようだった。真璃も注視していた神面の目を丸くさせている。

「な、何、それ？　そんなこと出来るの？」

「昔、モンゴルにいたことがあってな。遊牧民から教えてもらったんだ」

「ああ、又衛門《またえもん》さんの著作『チンギス・ハーン対モンゴリアン・デス・ワーム』ね」

「でも、結局呼ぶことは出来なかったんだよな。これも無駄かもしれないけど」

　もう一度。

　……反応なし。

「済まんな、真璃」

「ううん、ありがとう」

　それでも、僅かにだが彼女に笑みが戻った。今はそれだけで十分か。

「あと三十分だけ待とう。それなら陽《ひ》が沈む前に帰れるだろう」

「ゴメンね、志郎」

素直だ。実に素直。今の真璃には、いつもの刺々《とげとげ》しさがない。可愛《かわい》らしいではないか。いつもこうなら一体どれだけ幸せなことか。けれど、滅多にないからこそ素敵に感じるのかもしれない。

涼しい風が吹き、真璃の髪が美しく靡《なび》いた。夕暮れは近い。並んで座る二人は、語らいで時間を潰した。

「私、この時間が好きなんだよね。涼しくて、静かで。お母様もよくここに来ていたらしい」

「そうだな。一人になりたいときにはもってこいだ。ちょっと遠いが」

「それで、この風を肌で感じるために神面を外していたんだって」

そして、彼女もまた外してしまう。気持ちは分かるが、志郎は一応窘《たしな》めておく。

「お母さんはその時一人だったんだろう？」

「誰かに見られたら志郎に取られたって言うよ」

ニッコリ。神面ではない、素顔での笑顔だ。可愛い、というより美しい。夕陽に照らされ、崇高に輝いていた。

「そうだな。殺されるよりはマシか」

お陰で、志郎はその冗談にも素直に頷《うなず》けた。

「モンゴルか……。楽しかった？」

「うーん、圧倒的に苦労の方が多かったな。馬に乗る練習とか、家畜の世話とか……。モンゴリアン・デス・ワームには二回も殺されかけたよ」

「でも、それを平気で口にするってことは、やっぱり行って良かったんだよね？」

「そうだな、いい経験にはなったよ」

「私も行きたいな。世界とは言わず、東京でいいから」

「行ったことないのか？」

「二回行ったよ、家族での東京観光。幼稚園の時と小学四年生の時だったかな。直《なお》の家族も一緒だった。……けど、これを付けているとそれも敵《かな》わないんだよね。……大学進学も出来ない」

　手の中の神面を撫でる真璃。この神面を付けて日常生活を送るなど、今の東京では望むべくもないか。それでも、それは一時的なものだと志郎は慰める。

「でも、婚約すれば外せるんだろう？」

「いつになることやら。それに……」

「それに？」

「ううん、なんでもない」

　そう言うと、彼女は笑って誤魔化した。

話すことがなくなり、自然と肩を寄せ合う。

無音だ。

二人だけの時間が過ぎる。

穏やかな……心地の良い刻《とき》。

……。

……。

……。

本当に無音だ。

耳が痛む。

涼し過ぎて震えてしまう。

異常な寒気。

「寒く……」

なってきたな——と、続くはずが、志郎の口はその視線で固まってしまった。一メートル強の黒い獣が、森の中からこちらを窺《うかが》っていたのだ。二人が待ち望んでいたもの……。

「狼《おおかみ》だ！」

そう叫ぶ真璃の声には歓喜が籠《こ》もっていた。遂に現れたそれに興奮し、手にしたスケッチブックに爪を食い込ませる。志郎と喜びを分かち合おうと、その袖を必死に引っ張った。

「ね？　出たでしょう？　ね？」

が、志郎《しろう》、返事せず。

「聞いてる志郎？　やっぱりお母様の言った通りだった」

返事せず。

「すぐ済ませるから。ぱっぱと描いちゃうね」

返事せず。いや、真璃は逆に肩を摑《つか》まれ、描くのを止《や》めさせられた。

「な、何よ……？」

彼女も彼の顔を見てやっと気付く。志郎は全く別の方向を見ていたのだ。そして、そこにも狼がいた。三匹も。……いや、

「え？」

また一匹。

「へ？」

また一匹。

「ふぇ？」

また一匹。

どこからともなく現れる狼たち。二人の退路を奪い、殺気立った眼光を浴びせてくる。

完全に囲まれた。気付いたときにはもう遅かったのだ。

「お、怒ってる？　なんで……」

スケッチブックを捨て、志郎にしがみ付く真璃。一方、彼もその小さな身体《からだ》を抱えてそれに応えたが、無数の牙の前では役には立つまい。それでも志郎が怯《おび》えを見せなかったのは、これまでの経験と男としての義務感からだった。

「真璃、あの本のラストでモンゴリアン・デス・ワームがどうなったか覚えているか？」

「蒼《あお》い狼の大群に噛《か》み殺されたんでしょう？　やだよ、私」

「俺も嫌だよ」

「志郎が呼んだんだよ。食べるんなら志郎にして」

「経験から言うと、これだけの数の腹を満たすには、俺一人じゃ足りないと思う」

「そんなー。神面外しを迎えずに一生を終えるっていうのー!?」

狼たちが迫ってきた。牙を剝《む》き出し、唸《うな》り声《ごえ》を上げながら。明らかに怒っている。

……怒っている？　何故《なぜ》？　縄張りを荒らしたからか？　それとも、流れ者の志郎に違和感を得ているのか？　それにこの数。十四以上はいた。二十年間も目撃情報が無かったにしては、あまりにも多過ぎる。どの個体も壮健で、餌には困っていないよう。

「これは普通じゃないな。……まさか」

志郎の経験則が、その異様な正体を導き出……、

「うわっ!?」

引っ張った！

志郎を！

急に！

真璃《まり》が！

狼への恐れのあまり彼女が後退《あとずさ》りすると、そこに茂みに隠れていた巨大な穴があったのだ。バランスを崩した真璃の身体が吸い込まれていく。

「真璃!?」

志郎も支えようとはしたが、慮外からの力には男の腕力でも敵《かな》わない。当然、見捨てることが出来なかった彼は、その身を挺《てい》して彼女を護《まも》ることを選んだ。つまり、一緒に落ちたのである。深く、暗く、寒い底へと。

それは、まるで奈落に落ちていくかのようだった。延々と続く落下の中で、恐怖は薄れ、意識も薄れていく。それでも、志郎はただただ真璃を抱きしめ、彼女も彼だけを求め続ける。

一人では死にたくないと願いながら。

……。

……。

……。

しかし、死ななかった。

二人とも。

「……ん？　くぅ」

志郎が目を覚ますと、そこは奥深い洞窟の中だった。暗くて距離感は摑めないが、天井の高さはかなりあるよう。そこから落ちてきたであろう穴すら見えない。それでも、彼を蝕《むしば》む痛みはごく僅か。奇跡である。

「助かったのか？……真璃!?」

真璃の無事を確認しようと辺りを見回すが、よくよく見れば片手が彼女を抱いたままだった。そして幸運にも彼女もすぐ目を覚ます。

「な……ん？　あれ？」

「大丈夫か？　怪我《けが》は？　どこか痛むところは？」

「ううん、平気よ」

しっかりと答える彼女の様を見て、志郎も安堵《あんど》の息を吐《つ》けた。狼からも逃げられ、一先《ひとま》ず命の危機からは脱したのである。

真璃も身を起こすと、ゆっくりと洞窟内を見回した。

「ここどこ？」

「この島に来たばかりの俺に訊くなよ」

　真璃ですら初めての、深く暗い迷路状になった洞窟。それでも何故か、僅かに視界を保てていた。灯《あか》りの元など見当たらないが、まるで猫のようにこの暗闇の世界を望めていたのだ。不幸中の幸いというところか。

「さて、どうするか？」

　志郎が天井を見上げながら言った。

「勿論《もちろん》、帰るわよ」

「それをどうするかって話だ。助けを待つのか、自力で脱出するのか」

「あ、ああ……」

　志郎が挙げる二つの選択肢。されど、真璃は前者に関しては否定的だった。

「まぁ、こんなところ誰も来ないと思う。私だって初めてだし」

「なら自力か。逸《そ》れるなよ」

「う、うん」

　そして、志郎は冷静にどこへ続いているのかも分からない横穴を見回した。幸運にも神面や荷物も一緒に落ちてきている。忘れ物が無いことを確認すると、二人は未知の世界へと足を踏み入れた。

　但し、ゴールがあるとは限らないのだが……。

「出口なんてあるのかー？」

志郎が何気なくそうぼやくと、真璃が弱々しく睨《にら》んできた。

「嫌なこと言わないでよー」

「怖いか？」

「別に怖くないよー」

強がりたくても、声が震えて装うことも出来ていない。神面を持った彼女の手も震えていた。きっと今にも泣き出したい気持ちだろう。ただ、当然周囲に敏感な志郎もそれに気付いており、だからこう言ってやった。

「ここは寒いな、真璃」

「え？……ええ、そうね。震えが出ちゃう」

「ところで、やっぱりここは火山島なんだな。この洞窟も全部溶岩みたいだ」

志郎はゴツゴツとした壁面に触れながら言った。

「うん……よく分からないけど」

「でも、この寒さだ。火山活動はしてないみたいだな」

「？」

「つまり、俺たちは運がいいってことさ」

彼がそう微笑《ほほえ》むと、彼女にもやっと笑みが蘇《よみがえ》った。

「そうね。少なくとも焼け死ぬことはないみたい」

少し余裕が生まれたか。

「大丈夫、必ず出口はあるさ」

「うん」

そして、志郎が真璃の背中を優しく撫《な》でると、その心にもやっと平穏が訪れた。彼女の歩みも力強くなる。

「……でも、志郎は不安じゃないの？　私だってこんなところ初めてなのに」

「こういうのには馴《な》れている。前にも一度、エジプトのピラミッドで似た経験をした」

「流石《さすが》、色々なところ行ってるだけあるわね。それで出られたの？」

「でなきゃ、ここにはいないさ」

その後、志郎は真璃の手を取ると、不安定な足場をゆっくりとそれでも確実に進んでいった。その方向が合っているかは分からない。だが、決意を持って前を見続ける彼の姿は、真璃にも自信と気力をつけさせてくれた。だから、彼女は自然とこんなことを口にしてしまう。

「ありがとう」

「なに、それを言うのはここを出てからだ」

彼にお礼を優しく受け止めてもらうと、真璃も真《ま》っ直《す》ぐ前を見据えるのであった。

……が、それと同時に、おどろおどろしいものが二人を襲う。

「おい」

それは深く、暗く、重い声。志郎らが反射的に身構えると、その声の主は洞窟の先からゆっくりと姿を現した。

男だ。二メートルはあろう高身長で体格の良い大男。総髪が肩の下まで伸びており、上等だが薄汚れた着物を……いや、直垂《ひたたれ》だ。直垂を着ている。下も草履だ。年齢は三十代ぐらいか。ただ、その強面《こわもて》で二人を睨みつけてくるも敵意までは感じられなかった。しかし、不気味な相手だということに変わりはない。

「貴様ら、迷い込んだな?」

その男の問いに、二人は同時に頷《うなず》いた。

「こんなところに来るな」

「すみません……」

志郎は謝った。それがこの島でのルールなのだろうと、自分に言い聞かせて。続けて、男は真璃を責める。

「それに宇喜多《うきた》の娘だな?　何故、神面を外している?」

「え?　あ、その……すみません」

指摘され、真璃もバツが悪そうに神面を付け直した。

出会って早々、重苦しい雰囲気。それでも、二人は彼に助けを請わないといけなかった。

灯りなど持ってきていない身。陽《ひ》が落ちる前にここを抜け出さないと、たとえ洞窟を脱出しても闇夜の山を下りることなど不可能なのだ。

怯える真璃が自分の後ろに隠れたのを見て、志郎《しろう》は意を決してそれを口にする。

「僕らは穴に落ちてここに来てしまったんです。宜《よろ》しければ出口を教えて頂けませんでしょうか？」

「何故、そう至った？」

「その、狼《おおかみ》の群れに襲われて……」

そう明かすと、男は眉間にシワを寄せた。そして溜《た》め息《いき》をつく。呆《あき》れたのか？

「な、何よ。事故だって言ってるでしょ！」

つい真璃が口を出してしまったが、睨み返されるとまた志郎の陰に隠れる。島主の孫娘とは思えない態度に、今度は男も明白に落胆を示した。ただ、彼女の態度も仕方がないと言えた。何せ死に掛けた上に、未《いま》だ生還の目処《めど》が立っていないのだから。虚勢が戻ってしまったのだろう。

「すみません、急なことで真璃も戸惑ってるんです。彼女が無礼を働いたのなら僕が謝ります」

志郎がまた彼女をフォローする。世界中で修羅場を潜《くぐ》り抜けてきた彼だからこそ、こんな状況でも冷静でいられるのだろう。それを見せてもらえれば、男も少しは考えを改められる。

「いいだろう。娘の方はともかく、貴様は最低限の礼節を弁《わきま》えているようだからな」

「ありがとうございます」

「付いて来い」

先導してくれるよう。ただ、男が背を向けても真璃は怯《おび》えて隠れたままだった。尤《もっと》も、その理由も志郎は分かっている。この男は真璃が知らない人間。住民全員が見知っている狭い孤島において、そんな存在は有り得ないはずなのだ。それでも、二人にとってはこの男が命綱。何はともあれ、信じるしかない。

その一方、その正体も知っておきたいところ。黙々と歩いていた一人と二人だったが、次に口を開いたのは志郎だった。

「僕は前田《まえだ》志郎と言います。ほんの数日前に島に引っ越してきました」

男は応えず。

「だから分からないことだらけなので、失礼なことを言ったら申し訳ありません」

応えず。

「ここはどこなんですか？」

見た。立ち止まり、振り向き、男は志郎を凝視する。真璃はまた隠れてしまったが、志郎は堂々と見合って応える。まるで、それが出来るか試しているかのようだったから。

そして、どうやら合格のよう。

「肝が据わっているな。結構なことだ」

彼は認めてくれた。次いで、再び歩み始めると答えを教えてくれる。

「人は死ねば土に還《かえ》る。これまで多くの生きとし生けるものがここに還ってきた」

「島の大地に……ですか？」

「もっと深くだ。強いて言えば、ここは深淵《しんえん》」

深淵。つまりあの世だというのだ。何かのたとえなのだろうが、不気味なのに変わりはない。

「……じゃあ、帰れないんですか？」

「だが、お前らはまだ生きている。ここにはいられない」

「それは良かった」

「良くはない」

そして男は真璃《まり》を睨みつけた。

「貴様らがここにいるのは、掟《おきて》を破ったからだ」

「……神面ですか？」

「掟を破れば神の怒りを買う。その結果、貴様らはここにいるのだ」

未婚の女性は家族以外の男に素顔を見せてはならない。穴に落ちたのは、それを破った二人に対する罰ということなのか。

殺される……。それは……人間にではない。

外の人間なら一笑して捨て置いてしまうような言葉だったが、志郎は容易に、真面目にそれを信じられた。それもやはり、彼の世界中で得た経験があってこそだろう。尤も、神面という超常的な存在に既に触れているのだから難しくはない。

ただ一つ、腑《ふ》に落ちないことがある。

「確かに、僕たちは掟を破ってしまった。でも、どうして生きているんです？」

神の罰にしては詰めが甘かったのだ。初犯だったから？　情状酌量を認めてくれたというのか？

「いずれ分かろう」

だが、男はそう答えるだけ。その後、これ以上問うなといわんばかりの空気に負け、志郎も口を塞ぎ続けた。

洞窟の出口に辿《たど》り着くと、空は既に暗くなり始めていた。それでもやっと外に出られたのだ。怯え続けていた真璃も一転して喜びを露《あらわ》にする。

「ああー、やっぱり外はサイコー！」

「気をつけろ。また狼が出るかもしれないぞ」

無防備に万歳をしている彼女を窘《たしな》める志郎。次いで、男に頭を下げる、

「ありがとうございます。とても助かり……あれ？」

も……その彼はいつの間にか消えていた。

敵意や悪意は感じられなかったが、決して友好的ではない。他の島民とは一線を画した人間、志郎にはそう感じられた。そういえば名前すら聞いていない。尤も、これ以上あの男に関わるのは良くないと、彼の経験則が訴えていたのだが。

「帰ろうか」

そして志郎は真璃を連れ、暗くなる山道を下りていくのであった。

「ごめんね、志郎」

「いや、ああいうこともある。俺も少々掟を甘く見ていた」

「やっぱり、志郎に素顔を見せたのがいけなかったのかな」

「かもしれないな。だが、こればかりは俺にも責任がある」

「志郎に見てもらいたかったんだ」

「うん？」

「カミツラオオカミ、志郎にも見てもらいたかったんだよ」

彼女が拘《こだわ》った理由。それは実に単純だった。けれど、だからこそ信じることも出来た。秘密を共有している仲である。深い仲間意識が彼女の中に生まれていたのかもしれない。

「ああ、これもまたいい経験だったよ」

志郎が笑うと、彼女の神面も小さく微笑んだ。

「真璃、それとあの人のことは黙っておこう。世捨て人だったみたいだし」

「うん、まぁ……説明するのも面倒だしね」

そして、やっと自分たちの世界に帰ってくる。ギリギリだった。いや、正確には少し遅れてしまったか。日没後の闇の中を進み、二人はやっと最初の民家である宇喜多家に辿り着いたのだ。ここまで来れば街灯もあり安心である。

「着いたー。疲れたー」

安堵《あんど》と嘆きを同時に吐き出す真璃。色々あったが、無事生還して何よりである。……が、実はまだ終わっていなかったのだ。彼女は家の前に立っている女性を目にすると、その神面を強張《こわば》らせてしまう。

真璃の母、宇喜多円《まどか》である。娘そっくりの金髪に白い肌。やはり日本人離れをしているが、その着物姿からは見事な大和撫子《やまとなでしこ》ぶりが窺《うかが》えた。当然の如《ごと》く美人である。そして、当然の如く怒っている。母の前に立つ真璃は、正に白洲《しらす》にいる気分であろう。

「暗くなる前に帰りなさいって言っておいたでしょう」

彼女の第一声は娘への叱責。真璃は何とかそれを和らげようと、恐る恐る言い訳を口にする。

「え、えーっと……アクシデントがありまして」

「アクシデント？」

「狼の機嫌が悪かったみたいで……」

「あら、狼に会えたの？……って、機嫌が悪かった？」

「黒い狼の大群に囲まれちゃって」

その返事が円の目つきを変えさせた。重く、鋭く、冷たい視線で娘を見下ろす。

「黒い狼？」

更に声にも重いものが乗ったか？　真璃もヤバイと感じたが、答えないわけにもいかず小さく頷く。

「はい……黒い」

「お母さんが会ったのは白い狼だって言ったわよね？」

「そ、そうだっけ？」

「あの狼は山の化身なの。白い狼は慈愛の心で島民たちを護《まも》り、黒い狼は冷徹な心で島民たちを戒める。悪いことをしない限り現れはしないわ。しかも大群だなんて」

「は、はえ？」

「一体何をしたの？」

「そ、それは……」

恐怖に慄《おのの》く真璃。身体《からだ》は震え、顔は兢々《きょうきょう》と俯《うつむ》く。神面に至っては今にも泣き出しそうだった。狼やあの男の時より怯えているかも。それに、たとえ母親でも素顔を明かした件は知られてはならないはず。

「僕の責任です！」

だから、志郎が代わりに身を差し出した。一歩前に出て、円の注意を引き付ける。

「お弁当を食べた時に散らかしてしまいまして……。山に対する敬意を失っていた。基本的なことが出来なかった僕のせいなんです。真璃さんを巻き込んでしまって、申し訳ありませんでした」

そして深々と頭を下げた。誠意を込めて。

さすれば、彼女もやっと笑みを見せてくれる。

「志郎くんね。いいのよ、庇《かば》わなくても」

「いえ」

「真璃、今回は彼に免じて許してあげます。けれど、二度目は無いわよ。掟を破るということは、貴女《あなた》自身を苦しめることになるんですからね」

「はい」

「それと、狼を見たなんてことは言い触らさないように。それはつまり、自分自身に何かが起きたということなんですから。家族にだけ言い伝えるものよ」

成る程。二十年間目撃例がなかったわけである。

それから真璃も頭を下げ、この一件は落着となった。母としての教育を終えると、一転円は優しい笑みで問い掛ける。

「それで志郎《しろう》くん、お弁当はどうだった？」

「あ、はい、とても美味《おい》しかったです。ありがとうございました」

「良かった。あんなもので良ければまたご馳走《ちそう》するわね。そのときまでに、真璃にもおにぎり以外のことを教えておくから」

おにぎり以外——？　志郎が本人を見てみると、あからさまに目を逸《そ》らす始末。まぁ、彼女の料理の腕が上がるのなら、特に言うことはあるまい。

「期待してます」

美人親子に別れの挨拶をし、彼は帰路につくのだった。


思い掛けない災難であったが、志郎も命の危機には馴《な》れている方である。それに分かり易《やす》い掟もあるのだ。今後破らなければどうということはない。しかし一方、彼にはまだ問題が残っていた。ハッキリ言ってそちらの方が難題である。

休み明けの学校。何事もなかったかのように登校した志郎であったが、早々と兵次《へいじ》に絡まれてしまった。例のスケッチの件だ。

「おい、どういうことだよ！」

志郎が取り出したオオトカゲのスケッチを前に、兵次が苛立《いらだ》ちを見せる。しかも、その怒りは尋常ではなかった。

「志郎！　お前、ワザと俺の題材に被《かぶ》せてきたのか⁉」

「偶然だよ」

「こっちがまだ見つけてないと思って、先に出しやがったな。本当はどこで見られるか知ってたんだろう！」

「誤解だよ」

「見つけられなかった俺を馬鹿にするつもりか！　ああん⁉」

「落ち着けよ」

この怒りっぷりは志郎も予想外である。彼も戸惑いを隠せない。考えなしにスケッチした結果だったのだが、まさかこれほどの不興を買ってしまうとは。

「いい加減にしなさいよ、兵次」

それを咎《とが》めたのは、隣で聞いていた真璃だった。

「私もそこにいたのよ。出会ったのは本当に偶然だったんだから」

「けどよ、真璃。俺が描くって知っておきながら、後から同じものを選ぶか？」

「被っちゃいけないなんてルール無いでしょう」

「く」

兵次、言葉を失うがその敵意は健在。志郎を睨《にら》み続ける。厄介だ。実に厄介である。

その上、それを聞いていた直《なお》が、更に厄介なことを言い出す。

「二人で山へ行ってたんでしょう？　随分お楽しみだったんじゃない？」

「なにぃ!?」

どこで聞いたのか。いや、恐らく真璃《まり》の言う通り、あの後遅れて前田《まえだ》家に来ていたのだろう。真璃も性分からその喧嘩《けんか》を買ってしまう。

「だから何よ。アンタには関係ないじゃない」

「本当、目敏《めざと》いんだから。隙あらば常にくっ付いてるのね」

「何をー、アンタこそ！」

そして、いつもの言い争いへ……。今度ばかりは志郎も手が付けられない。

殺気立つ教室。年下たちは兢々と距離を空け、年上たちも呆《あき》れた視線を送る。本当に暴力が起きそう。冷静な志郎だけが、その恐怖を間近で感じ取っていた。

「ほら、アンタたち。先生来るよ。いい加減にしなさい」

結局、その場は大夢《ひろむ》姐貴《あねき》の一声で収まったが、禍根は残したままだ。

難題だ。難題である。

一体どうすればいいのか。人間関係には善悪のルールがない。良いことをしても怒りを買うこともあるし、逆もまた然《しか》りである。神面の掟《おきて》の方がどれだけ有り難いか……。

それでも放り出すわけにはいかない。下校時、志郎は自ら兵次に駆け寄った。

「気分を害したのなら謝るよ」

「別に……」

「気配りが出来てなかったよ。馬鹿にするつもりはなかったんだ」

「ふん」

志郎を見ない。強情だ。若さ故というか、素直になれない年頃なのだろう。それに収め方も知らない。志郎も似たようなものだが、世界中の人々と触れ合ってきた分、一日の長がある。彼から歩み寄らねば。

「まだ提出までには時間があるし、スケッチの腕はお前の方が上なんだ。気を楽にもってさ……」

が、言い切る前に兵次に睨まれた。癇《かん》に障ったのか。志郎もこういうのは苦手である。尤《もっと》も、仲直りが得意な人間なんているのだろうか。

志郎、策を練る。そこで浮かんだのは『犬井千代《いぬいちよ》』だった。父の人気シリーズ小説の主人公である。理屈を唱えて、理屈で屈服させる。納得されなくても、筋で押し通すのが彼女のやり方だ。

試してみるか――。

小説のキャラクターが現実世界で通用するかは分からないが、他に道はない。志郎は咳《せき》で間を置くと、相手が聞き逃さないようゆっくりと質問した。

「なら、お前はどうしたいんだ？」

「え？」

「兵次としては、どういう結果になればこの件が収まり溜飲《りゅういん》が下がるんだ？」

「い、いや」

「お前がどうしたいのか、俺には分からない」

「……」

「俺を卑怯《ひきょう》者《もの》にしたいのか、はたまた真璃に嫌われたくないのか」

「ま、真璃は関係ないだろう！」

「真璃は証言してるんだ。オオトカゲを描いたのは偶然だったと。つまり、俺を卑怯者にするということは、彼女の証言を潰すことになる。……お前は嫌われるな」

「うっ」

「オオトカゲを描いて注目を浴びたいという気持ちはよく分かる。折角なら珍しいものを描きたいもんだ。けど、それは真璃からの賞賛があってこそだろう」

兵次、図星。次いで沈黙。志郎は構わず、こう詰める。

「全てを手に入れることは難しい。だからせめて、大切なモノだけは護り通す。お前にとって一番大切なモノは何なんだ？」

分かり切ったこと。それでも時間は掛かる。兵次は二度、三度と深呼吸すると、ゆっくりと天を仰いだ。そして、志郎はトドメとばかりに自分の言葉も交えて褒め上げる。

「まぁ、その恋に対する熱意と実直さは尊敬出来るな。俺もそこまで熱くなれたことはあったかなー？」

「……そうか？」

「物事に熱心に取り組めるのは才能の一種だ。素直に羨ましいよ。いずれ大成するんじゃないか？」

「そうか？　そうか、そうか、そうか。ははは、それほどでも」

兵次もやっと上機嫌に笑って締めてくれたか。何とか上手《うま》く収まった模様。彼が単純ながらも理屈が通じたのが大きい。

しかし、人間とは実に御し難いものである。掟が生まれた理由も頷《うなず》けた。

神面、狼《おおかみ》、深淵《しんえん》、謎の男、竜神池……。明らかにこの島は人間を超越した存在が支配している。志郎はただただ、彼らとの共存に努めることを誓うのであった。

第三話　女の戦い

四月も終盤に差し掛かり、空気が湿っぽくなってきた今日この頃。

この日、登校のために家を出た二人は運悪くバッティングしてしまった。

「おはよ」

「……おはよ」

直の挨拶に応えぬわけにもいかず、真璃は渋々返事をした。

真璃と直。昔は仲の良い従姉妹《いとこ》同士だったが、いつの頃からか登校時間をずらすようになった間柄である。主に真璃が早くなったのだが。

「真璃、今日は遅いじゃん。寝坊？」

「別に」

それでも相手にせず、真璃はさっさと行ってしまう。それを直が追った。

「そんな急がなくても。まだ十分時間はあるよ？」

「急いでないし。これが私のペースだから」

「素直じゃない」

「……」

……。

「で、真璃は何をスケッチしたの？　今日提出でしょう」

「秘密」

「教えてよー。どうせ提出の時に分かるんだし」

「……」

……。

「山には何を探しに行ったの？　オオトカゲが目的じゃなかったんでしょう？」

「オオトカゲよ」

「志郎《しろう》が違うって言ってるのに」

「……」

……。

傍《はた》からは、真璃が一方的に悪いように見えた。直の歩み寄りを撥《は》ね除《の》けているよう。だが、所詮それは第三者の目線。真実かどうかは分からない。

直はともかく、真璃には何かキッカケが必要だった。今まで溜《た》め込んだ悪気を洗い流せる大きなキッカケが。

「おはよう、二人とも」

「おはよ」

不貞腐れていたから真璃は一人出遅れた。

志郎である。これまた偶然にも、通学路の合流場所で出会ってしまった。遅ればせながら、真璃は慌てて笑顔を思い出して返す。

「おはよう、志郎」

「おう、なんか今日は湿ってるよな。梅雨が近いのか？」

「え？　あー……」

「梅雨はないけど、五月は雨が多いね」

真璃《まり》が一瞬言葉を詰まらせると、直に答えるのを横取りされてしまった。勿論《もちろん》、志郎としてはどちらが答えても気にしないが。

「そうか、この辺スコールがありそうで気が抜けないんだよな」

「まだまだ、もっと暖かくなってからよ。でも、一年を通してそんなに気温変化はないかな」

「冬は暖かそうだ」

そのまま歩きながら続く志郎と直の会話。水をあけられた真璃は、微笑《ほほえ》み合う二人を見つめるだけ。

「雨といえば、その神面、雨に濡《ぬ》れても大丈夫なのか？」

「ええ、防水されてるし。水に沈めても平気よ」

「ふーん。ああ、もう一つ。その神面、年頃になると付けるものって聞いたが、具体的に何歳からとか決まってるのか？」

「うん、中学に上がるとき」

「何故《なぜ》？」

「昔は人それぞれだったんだけど、最近はフェミニズムっていうか、女性の人権やプライバシーを護《まも》ろう的な感じになって……」

「……ああ、初潮か！」

「アンタね、セクハラ発言よ」

やっと会話に加わることが出来た真璃。ちょっと不器用な入り方だったが、彼女らしいか。それを横目に直は説明を続ける。

「竜神池で身を清めるのもそのときから。月一回、神面が取れるまでね。それ以外にも、清めたいと思ったら好きなだけ入れるし」

「月一……。ああ、生理か」

「セクハラ！」

また志郎に突っ込む真璃。ただ、確かに彼女の言う通りかもしれないが、それにしても潔癖……純朴過ぎる。このぐらいで怒り過ぎだ。神面を付けている通り間違いなく処女だろうが、そういうところが直にとってもからかいたくなる一因なのだろう。

「けど、そう簡単に掟《おきて》を変えちゃっていいのか？　それって最近の話なんだろう？」

「この島、どちらかというと女の発言権の方が上なんだよね。島主も代々女だし」

「成る程な……」

直の答えに、志郎は納得。確かに、学校でも目立つのは女性陣ばかりである。……が、
直が続けて余計なことを口走った。

「まぁ、真璃が島主になったら、それもどうなるか」

「ちょっと、それどういう意味？」

睨《にら》み合う両者。まただ。こんなことでいがみ合うなと志郎が間に割って入るも、神面のしかめっ面は収まらなかった。

ここは女の島。男は非力である。


彼は辛《つら》かった。そして、それ以上にどうしたらいいのか分からなかった。理由も分からず当事者じゃないから、志郎は真璃と直の和解方法を見出《みいだ》せないでいた。

学校の休み時間。彼女らと距離を置くべく、志郎は屋上にいた。柵に身を委ね、遠く海を眺める。

「孤島だな」

逃げ場なし。少年はこのまま二人の確執に押し潰されていくのか。

「おう、志郎か。何してるんだ？」

そこに野太い呼び声が聞こえた。志郎が振り向いてみれば、やってきたのは担任の奥山《おくやま》

殿介《でんすけ》。熊のようなガッチリ体軀《たいく》の……悪く言えばむさくるしい男ではあるが、面倒見も良く評判のいい教師だ。齢《よわい》二十七だが、十歳は老けて見える。彼はその立派な図体《ずうたい》を志郎の隣に立たせた。

「黄昏《たそがれ》てたんです。先生こそ何でここに？」

「煙草《たばこ》を吸いにな。どうだ？　もう馴《な》れたか？」

笑いながら煙草を取り出す奥山に、志郎は力なく頷《うなず》いた。

「そこそこ」

「そこそこか。まぁ、この島はちょっと変わってるからな」

「問題はあの二人ですよ」

途端に奥山の笑みから元気が失われていく。やはり彼も気にしていたようだ。

「お前が真ん中にいれば、少しは収まるかとも思ったんだがなぁ……」

「酷《ひど》い目に遭った」

「スマン、スマン。なんなら席を替えるか？」

「今更替えられないでしょう。当てつけみたいですよ」

これには教師も反省した。申し訳なさそうに頭を下げる。

「けど、アイツらも小さい頃は仲が良かったんだ。何があったんだか、島に帰ってきたらああなっていたんだよ」

「うん？　先生は島出身なんですか？」

「ああ、大学進学で内地へ行ったんだ」

「向こうに残ろうとは思わなかったんですか？」

「この島が好きだったからな。いい島だ。存続させていきたいと思っていた。それに……」

それに……。だが、その続きを彼は言わなかった。

「まぁ、ともかくあの二人を仲直りさせるには同じ年頃じゃないとダメだと思ったんだ。大人に言われて表面的に手を握っても意味はないからな。世界中を回ったお前なら、もしかしてあの子らも耳を貸すかもしれない」

「……」

「アドバイスというわけじゃないが、ここの女の子たちは基本押しに弱いらしい。女性が強い島だからな、そのギャップがいいのかもしれない。勿論、どこの誰でもってわけじゃないが」

「もしダメだったら？」

「なに、竜神池に沈められるだけさ。浮かんで来ないから墓の心配はいらないぞ」

「アドバイスありがとう」

当てにせず心に留《とど》めておこう――。

　その後、奥山が煙草に火をつけると、志郎は軽く礼をして教室へ戻っていった。副流煙は勘弁である。

　なのに、校舎内に入って早々煙草の臭いが志郎の鼻をついた。額にシワが寄る。原因は目の前の淑女だ。

「煙草吸ってるんですか？」

「え!?　臭い付いてる!?」

　彼にそう言われ、桃色神面の大夢《ひろむ》は必死に自分の臭いを嗅いだ。予想外のことだったのか、戸惑いながら確かめている。廊下でバッタリ会った際の些細《ささい》な世間話のつもりだったのだが、その神面は悲愴感《ひそうかん》に溢《あふ》れていた。

「うわぁ……ショック。お風呂にも入ってたのに……。今週末、竜神池で水浴びしてこよう」

「で、吸ってるの？」

「まさかー。まぁ、仕事の都合上ってことで」

　仕事？　学生なのに？　その意味深げな発言が気になる志郎であったが、それより今は真璃と直のことだ。何か解決策のヒントが欲しい。

「真璃と直《なお》についてなんだけど。普段は普通だって言うけど、それでもいがみ合いが多過ぎないか？」

「ああ、多いね。というより多くなった。志郎が来てから」

「まさか俺のせいだと？」

「仕方ない。アイドルが目の前にいると、ファンもおかしくなっちゃうのよ」

「アイドルはそんなこと望んじゃいない」

「ファンってのは、時折暴走してしまうものなの」

「何か手はないのか？」

「あったら既にやってるわよ。……そうね、例えばアイドルを辞めるとか。アイドルらしからぬ行動を起こして、相手をガッカリさせるの」

「嫌われるってことか？　人が傷付く案なんて気が乗らないよ。特に自分に関してはね」

「なら、私と付き合うってのはどう？　そうすれば二人とも諦められるでしょう」

「なし崩し的に責任取らされそう」

「失礼な。なら、志郎には何かないの？　世界中を回っていたんだから、ナイスなプランぐらい思いつくでしょう？」

ナイス……ね。それが出来ないから、彼は助けを求めているのだ。とはいえ、「付き合おう」なんてふざける彼女に頼るのも危険である。止《や》むを得ない。志郎はここでもまた、犬井千代の力を借りることにした。

真璃と直だけにある謎の確執。謎……つまり隠しているということだ。和解させるには、その正体を明かさねばならない。衣を剝ぎ取り、内にある負の感情を露《あらわ》にさせるのだ。

閃《ひらめ》いた――！

志郎《しろう》、自信満々に提案する。

「竜神池はどうだろう？」

「うん？」

「竜神池だよ。二人に竜神池の水浴びに行ってもらうんだ。水浴びなら神面も外すだろうし、裸にもなる。ありのままを曝《さら》け出したら、お互い正直になれると思うんだ」

名案だ。裸の付き合いという言葉もある。一応、筋は通っているはず。両者の想《おも》いを知ることが出来れば、妥協点も見つけられるはずだ。正にナイスプラン。そう、彼は思っていたのだが……。

大夢の視線はとても冷たいものだった。いや、それ以下。軽蔑の眼差《まなざ》しだ。少年は一応確認する。

「もしかして、何か卑猥《ひわい》な考えをもってると思われてるのか？」

「覗《のぞ》き目的とか……」

「真剣だぞ」

「まぁ、理解は出来なくもない。手助けするとも言っちゃったし、二人を誘ってみるよ」

「感謝します、姐《あね》さん」

するとと、彼は軽く背中を叩《たた》かれた。紫色神面の奈々子《ななこ》だ。

「二人してなに話してるの？」

「真璃《まり》と直を仲直りさせようって話。それより奈々子、私、煙草臭い？」

大夢に請われ、奈々子はどれどれと嗅いでみるも、違いが分からないのか首を捻《ひね》るばかり。

「ごめん、分からない」

当然か。彼女もまた煙草臭かったのだから。


しかし、企てなんてものはそうそう都合よくいくものではない。

放課後、気分良く学校を出た志郎だったが、赤色神面に肩を摑《つか》まれるとその表情からは血の気が引いていった。

「水浴びに行けって？」

真璃の冷めた声が志郎の身体《からだ》を突き抜ける。彼女には見透かされていた。ということは、きっと直にも。

「な、なんのことかな？」

「傍観主義の大夢姉があんなことを言うなんて。私と直を一緒に居させようなんて考える人は、この島にはいないもん」

　これが現実である。相手は生身の人間。小説のキャラクターは小説でしか通用しなかったのだ。そもそも人の行動をコントロールしようなど、なんとおこがましいことか。

　志郎は観念すると、帰路の中でその心境を語った。

「二人には仲良くなってもらいたいんだよ」

「大きなお世話よ。放っておいて」

「何で嫌ってるんだ？」

「あんな皮肉屋、好きな人間なんていると思う？」

「キッカケがあるだろう。昔は仲が良かったんだろう？」

「覚えてないわ」

「言いたくないのか？」

「……」

「……」

　沈黙。……いや、黙っていてはダメだ。進まないと。志郎は必死に口を動かし続ける。

「狭い島なんだから、ギスギスし合っていたら周りも疲れる。お前たちが仲直りしてくれれば、皆が幸せになるんだ」

「……」

「皆というのはお前も含んでいるんだぞ」

「……」

そして最悪の事態を引き起こす。

「なら、もう私に関わらなくていいから」

「真璃!?」

絶交宣言を残し、彼女は去っていった。

こうなることは分かっていたはず。だから皆、取り持とうとはしなかったのだ。彼の焦りが生んだ愚かな失態である。

無能だ。自分の能力を過信した。皆がアイドルだなんて言い含めるから。だが、決断したのは志郎自身である。

「真璃……」

彼女の背中が行ってしまう。けれど、彼は呼び止める言葉が思いつかなかった。

無力感と罪悪感に苛《さいな》まれ、志郎もまた肩を落として帰っていく。

そして、その一部始終を見ていた直は覚悟を決めるに至った。

古くから続いた確執は、遂《つい》に終末へと向かう。

その夜、志郎は眠れなかった。後悔の念に押し潰され、ずっと天井を眺めていたのだ。陽《ひ》が昇り、学校の仕度をしようとも、カレンダーを目にし、またへたり込む。

昭和の日。今日からゴールデンウィークである。

「休みか。ありがたいやら、苦しいやら……」

肉体的にも精神的にも疲れている志郎には、何もする気が起きない。だが、何かで気を紛らわさないとおかしくなりそうだった。ともかく、今日は一人っきりになりたい。

彼は居間へ向かう。父に今日一日人払いをお願いするためだ。が、そこでは又衛門《またえもん》が旅行カバンに荷物を詰め込んでいた。見るからに遠出の仕度。

「おう、志郎。ちょっと内地に行ってくる」

「はぁ!?　急に」

「驚かせたくてな」

またか――!?　父は笑うが、息子は笑い返す力もなかった。

「出版社のパーティーに呼ばれてな。次回作の打ち合わせもあるし。それに『犬井千代シリーズ』のドラマ化の話もしないといけない」

「おーけー」

「しばらく一人でも大丈夫だろう。金もあるし。祭りまでには帰る」

「祭り?」

「ああ、それぐらいは教えておかないとな。五月五日に島民総出の祭りがあるんだ。儂《わし》たちが準備するようなことはないんだが、絶対参加だから肝に銘じておけ」

「何の祭り?」

「それは当日のお楽しみだ」

また微笑《ほほえ》む。訳アリの笑み。嫌な内容でなければいいのだが。

そして、息子は父を見送った。彼は本当に一人になってしまったのだ。

「ま、都合がいいか」

その後、志郎は朝食をとり、テレビのニュースを眺めては、欠伸《あくび》をする。居間で寝転がり睡魔を待っていた。

その一方、彼女のことにも想いを巡らす。怒りを収めたい。けれど言葉が見つからない。

「困ったな」

本当に困った。何も浮かばないし、全く眠れそうにない。思考の進退が窮まった。

となれば、残っているのはこの身体だけ。志郎は外に出た。

何も考えてはいない。ただただ情念に身を任せる。したらば、彼は宇喜多《うきた》家の前に来ていた。身体は正直である。

改めて見ると本当に大きな屋敷だ。流石《さすが》に門の前は目立つので、志郎は塀の陰に身を隠す。坂崎《さかざき》家から見えないように気を配るのも忘れない。

でも、やっぱり何をすればいいのか分からなかった。本当、情けない。志郎がそう自責の念を胸に佇《たたず》んでいると、不意に勝手口が開かれた。

「あら、志郎くん？」

出てきたのは真璃の母、円《まどか》である。裏手にある自家用の畑に用があったのだろう。手には籠があった。

「あ、ど、どうも、おはようございます」

志郎、反射的に頭を下げる。平静を装う余裕もなかった。それでも、彼女はこの不審者相手に笑顔を崩さないでいてくれた。

「どうしたの？　こんなところで」

「え、あ……その」

「真璃にご用？」

未《いま》だ彼の精神は疲れている。下手に誤魔化したりしない方がいいだろう。

「実は昨日、真璃と喧嘩《けんか》というか……擦れ違いを起こしてしまいまして」

「ああ、だからあの子、機嫌が悪かったのね」

「謝りたいんですが、謝ったところで許してくれそうにないんです、今はまだ。かといって何もせずにいるのも」

「なら上がっていく？」

「い、いえ」

「今、あの子に料理を教えているのよ。志郎くんのお父さん、内地へ出張中なんでしょう？　昼食一緒にどう？」

出張が知られている——!?　狭い田舎だからか。それとも、わざと息子だけには伝えていなかったのか。

円は畑に入ると、生《な》っているトマトやキュウリをもいだ。夏野菜だ。今が時季なのか、朝食を済ませているのに彼の腹が欲しがってしまう。されど、まだ頷《うなず》かず。

「けれど、今は顔を合わせない方が良さそうなんで」

「でも早い内の方がいいでしょう？　仲直り」

その通り。それに仲裁してくれるというのだ。正に、今彼に最も必要な展開。

「そうですね」

志郎も分かっている。しかし、それではダメなのだ。

「だけど、それだとおばさんの顔を立てての和解になってしまいます。俺は自分自身の力だけで清算したい。それでこそ本当に元通りになると思うんです」

奥山が言っていたことだ。敢《あ》えて険しい道を選んでしまうが、それこそ筋も通っている。円もその意志を素直に受け入れてくれた。

「分かったわ。なら、仲直りしたら食べにいらっしゃい。その時は真璃に作らせるから」

「ありがとうございます」

これは決意の表れ。自分自身への誓いだ。


気付いたら夜だった。

円に宣言したのが良かったのか、気持ちに一区切りをつけた志郎《しろう》は、家に帰ると即熟睡してしまっていた。時計を見れば、既に午後十時過ぎ。今度は寝過ぎだ。

「しまった……」

しかも腹が減っていた。冷蔵庫を漁《あさ》る志郎だが、碌《ろく》なものがない。食パンは残っていたが、その図体《ずうたい》では腹の足しにもならなかった。米もあるが、米だけでは……。

「もう開いてないよな」

田舎である。食料品店はもとより、飲食店も閉まっていよう。それでも彼の腹は諦めきれない。一縷《いちる》の望みをもって行ってみる。

暗闇の島。されど、夜空には広漠たる星の海。綺麗《きれい》だ。志郎は天を仰ぎながら歩いていた。

「いい島だ」

夜中に出歩くのは初めてかもしれない。心細い小さな街灯は不安感を煽《あお》るが、一方で情緒的でもある。文明の音は鳴りを潜め、自然の鳴き声が場を支配していた。人間では敵《かな》わない雄大な存在。父はこれが好きなのだ。そして、志郎もこれが好きだった。

その道中、ある街灯の下に若い女性を見かけた。白のワンピース姿で、神面を付けていなかったから婚約済みか人妻なのだろう。同じように星を眺めている。夜の散歩か？　彼もその気持ちも分かる。志郎が会釈をすると、彼女も微笑んで返してくれた。

波の音が近付いてくると目的地もすぐそこである。

やがて港近くの繁華街に着いた。案の定、明かりは乏しい。うきた屋を始め、食料品店は軒並み閉店済み。飲食店もほぼ閉まっている。それでも二軒だけはまだ営業していた。

ただ、

「飲み屋か」

子供が入るようなところではない。片方は居酒屋で、もう片方はスナックだ。酒だけということはないだろうが、腹を満たせるだけの料理はあるのだろうか。志郎も気は進まなかったが、ここは背に腹は代えられない。いや、実際、背と腹がくっ付きそうだった。

「どちらにするか……」

居酒屋とスナック。イメージからすれば、居酒屋の方が品数がありそうだが……。

「入りづらい」

引き戸のガラス越しに中を覗《のぞ》くと、オッサンたちが上機嫌に酒盛りをしていた。外にまで聞こえてくる笑い声からして、店内は五月蠅《うるさ》そうだ。

それならば、まだスナックの方が静かなイメージがある。こちらの窓無しの扉では店内を窺《うかが》うことは出来ないが、どちらにしろ入らなければ始まらない。スナックがダメだったら居酒屋に替えるまで。

志郎はその重い扉に手を掛けた。

「いらっしゃい」

歓迎の挨拶。見渡す必要もなさそうな、こぢんまりとした店だ。テーブル席はあるが、客はカウンターの三人のみ。五月蠅くはなさそう。

そして店員は二人。一人は歓迎してくれたママさんらしい人で、もう一人は見覚えのある桃色の神面。

「あ、志郎!?」

「あ、大夢《ひろむ》さん」

大夢だ。大夢がいた。店員として。その大夢が志郎を皆に紹介する。

「又衛門先生の息子さんよ」

客から「おおー」と小さな驚嘆の声が上がった。小っ恥ずかしがる志郎に、大夢は茶化すように訊《き》く。

「で、何でこんなところに来たの？　まさか、お父さんがいないからって羽目を外しに？」

「いや、寝過ごしてしまって、今から夕飯を食べられるところはないかと……」

「なーんだ」

残念そうな神面を見せてくる大夢。次は彼からの質問だ。

「大夢さんが言っていた仕事って……ここで働いてたの？」

「そっ、ウチの店だからね。スナック『夢』。私の名前はここから取ったの。だから煙草《たばこ》臭くなっちゃうのよねー。……あ、それと私のお母さん」

隣のママさんを指す。ママはママだったのだ。彼女もまた微笑んで挨拶してくれる。

……が、母親もまた神面を付けていた。

「又衛門先生、出張中なんだって？　困ったことがあったら言ってね。協力するから」

「ありがとうございます」

「夕飯だったね。座って待ってて。大夢、何か出来る？」

色々気になる志郎だったが、問えば失礼に当たるかも知れないのでここは安全にスルー。

テーブル席にひっそりと座った。

「うーん、パスタにチャーハン……。そうだ、オムライスは？　オムライスでいいね。卵余ってるから」

冷蔵庫を漁る娘に勝手に決められるも、新顔の客が何かを言える立場ではない。スナック特有の薄暗い怪しい雰囲気の中、少年はただただ静かに待ち続けた。…………が、それは叶《かな》わず。

「又衛門《またえもん》先生って凄《すげ》え作家さんなんだって？」

話し掛けてきたのは客の一人。タオルの鉢巻をしている中年だ。志郎、空腹で雑談する気にもなれないが、無視も出来ない。コミュニケーションは絶対だ。

「いやー、周りからはそう言ってもらえてますが……」

「宇喜多さんから聞いたよ。未来のノーベル賞候補だってさ」

「ノーヘル賞？」

「馬鹿、ノーベル賞だ。ノーヘルはお前だろう、ハゲ」

大爆笑。客のオッサン同士で漫才までする。これは随分出来上がっているよう。

「ノーベル賞って、そんな凄《すご》い人だったの？　志郎のお父さん」

そう問いながら大夢が特大のオムライスを持ってきた。志郎に差し出すと、自分もその対面に腰掛ける。

「たまにメディアとかで騒がれますが、実際どうだか。ただ、海外語訳が結構出回ってるので、認知度はそこそこあるんじゃないんですか。じゃあ、頂きます」

「そんな有名人だったんだ。真璃《まり》もテンション上がるはずだよ。こんなんだったら、無理やりにでもアンタに私の神面取らせるんだったなー。……美味《おい》しい？」

大夢、持ってきていたグラスでグイっと一杯。

「美味しい。けど、それ酒？」

「なーに、このぐらい。こんなお仕事をしてるんだから、酒の一杯や二杯」

と言うと、その神面がみるみる赤くなっていく。流石《さすが》依《よ》り代《しろ》、凄い機能だ。大夢、ついでに例の件の報告も。

「あ、そうそう、ちゃんと二人誘っておいたわよ」

「らしいね。真璃に怒られた」

「だろうね。一応無理やりにでも連れて行くつもりだけど、前より悪化するんじゃないかな？」

「多分、もうしてるよ」

大夢、溜《た》め息《いき》。志郎、面目なし。

「まぁ、私たちも放っておいたしね……。志郎に任せるよ。責任も」

「はい……」

美味《うま》いのだが不味《まず》い飯になってしまった。近い将来来るであろう難題を前に、志郎はオ

ムライスを噛《か》み締める。

それでも満足である。腹一杯だ。

「ご馳走様《ちそうさま》でした」

「あ、お金はいいよ。一人で大変でしょう?」

「ありがとうございます」

相手の厚意を素直に受け取るのも、親交を深める秘訣《ひけつ》である。

「気をつけて帰りなよ。これからも秀樹《ひでき》を宜《よろ》しくな」

そう言うのはあの鉢巻の客。秀樹とは、あの図体の大きい一年坊のことである。ということは、この人は父親であろう。意外にも体格は普通だったが。

その上、志郎へもう一言。

「それと、幽霊には気をつけなよ」

「幽霊?」

「この季節になると、街灯の下に白いワンピースを着た女の子が出るんだ」

「……」

「でもまぁ、出遭ったところでちゃんと挨拶しておけば問題ないさ。気付いてるのに無視すると、家にまで付いて来ちゃうらしいんだが、普通は顔を合わせたら挨拶するもんだしな」

これもまた百不思議の一つか。

しかし今は、志郎はその幽霊の方が好意をもてた。今の真璃では、微笑《ほほえ》み返してなどくれないだろうから。


家に帰った志郎は、腹が満たされたお陰で幸福感に溢《あふ》れていた。だからか、今なら真璃のことを前向きに考えられる。再び寝床に身を預け、天井の電球を眺めた。今後の課題にこう頭を働かす。

確かに彼女は攻撃的で身勝手な部分もあるが、根は心優しい子である。それは神面山で十分確認出来た。今は少し感情的になっているだけだろう。母親もしっかりした人だし、少し経《た》てば冷静さを取り戻すはず。

問題は、そのとき何て声を掛けるかだ。また本音を伝えても受け入れてはくれまい。一方、言葉で取り繕ったところで不信感を煽るだけだ。理詰めもダメだろう。やはり、根本を解決せねば。あの二人の仲が悪くなった理由を……。

いや、真璃だけではない。直《なお》のことも考えなければ。彼女も水浴びの誘いを嫌がっているはず。もしかして、真璃と同じように怒っているかも。

ただ、それでも彼女なら理解を望めるかもしれない。感情的にならず常にマイペースを保っている直なら、冷静な話し合いも可能だろう。真璃より先に話してみるか。

……いや、いやいや。直の方こそ正体が掴《つか》めない人間だ。未《いま》だ本心が分からないのだから。

何故《なぜ》、俺に寄り添うのか？　真璃を煽るため？　アイドルを独占したい？　単純に好きだから？　どれも合っていそうで、どれも違う気がする。

直の本心を明らかにできれば解決に近付くのかもしれない。しかし、それは真璃を相手にすること以上に大変なことだろう。

謎だ。謎の女だ。

目に見えるのに、触ることの出来ない。

話してくれるのに、考えが分からない。

まるで霧のような少女。

百不思議。

「直……」

「なに？」

っ――!?

目覚める志郎《しろう》。どうやらいつの間にか眠ってしまっていたようで、意識がハッキリとしない。今のは幻聴、夢か……。

志郎は暗闇の中を見渡すも、何も見えなかった。身体《からだ》を起こそうとするもそれも敵《かな》わない。寝ぼけているのか？……それより、彼はいつの間に電気を消したのだろう。

身体が重い。何かが圧《お》し掛かっているよう。不可解な現象を前に、志郎も焦りを思い出した。

幽霊!?　金縛り!?　百不思議!?　思い当たる節を並べるが、正解したところで解法をもっているわけでもない。助けを呼びたくても、家には志郎一人だけ。

しかし、彼は思い出す。この島において最も厄介なのは人間なのだと。

彼はもう一度呼ぶ。目の前の彼女を。

「直」

「志郎」

直本人である。志郎の腰部に馬乗りした彼女が妖しい笑みで見下ろしていたのだ。恐らく開けていた窓から侵入したのだろう。この夜遅くに。

「何でいるんだ？」

「夜這《よば》いに来たの」

サラッと言うところは、嘘《うそ》をついていないともとれる。だが……。

「そんな風習はないだろう。なんのための神面だ？」

「あるよ。それに両想《りょうおも》いなら許されるでしょう？」

「俺たちは両想いだったのか？」

「今からそうなる」

そう言うと、彼女は自らのシャツのボタンに手をやった。上から一つずつ焦《じ》らすように外していく。

三つ目、四つ目……。彼はそれを止められなかった。手の自由は利くのに、魅入られていたから。そしてそれが露《あらわ》になると、少年の胸は大きく高鳴った。

色っぽい大人のブラジャーに護《まも》られながらも、主張を忘れない二つの房。真璃も立派なものだったが、彼女はその上を行っている。見上げる形の遠近法のせいか、はたまた真璃より一つ年上だからか。志郎は堪《たま》らず唾を飲み込むと、冷静を装って問い質《ただ》す。

「直、本気か？　それともいつもの悪ふざけか？」

「そんなこと、どうでもいいでしょう？」

尻を深く下ろす直。股間と股間を押し付け合わせ、前後左右に腰を揺らした。初めてだろうに何たる妖艶な。志郎が声を漏らしてしまうほどだ。情けないことだが、耐え切るなんて若い彼には不可能だった。

「今から私のこと好きになるんだから」

彼女の言う通り。このままだと堕《お》とされる。

「さぁ、志郎」

志郎は直に手を掴まれると、彼女の顔へと持っていかれた。

「外して」

そして神面を掴まされる。あとは手を引くだけだ。両想いなら、それで外せるという。

……しかし、何故？　彼女が本当に恋をしていたとしても、あまりにも急ぎ過ぎている。

「教えてくれ、直。何故こんなことをする？」

「好きだから」

「俺のことが本当に好きなら、こんな乱暴なことしないだろう」

「……」

「俺は本心を知りたい。覚悟を知りたい。お前自身を知りたい」

「……」

「好きなら、教えてくれ」

「……」

「俺も好きになるなら本心を見せてくれる女性がいい」

「……ん」

彼女は思い悩んだ末……志郎の手を解《ほど》いた。

そして、そのうわべも。

少女は彼の前で全てを露にし、告白した。

「私は……この島から出たいの」

それは彼女の夢である。

「世界中を回っている志郎なら、またすぐにでもここを離れる。だから一緒に出て行きたかった」

いや、救いか。

「こんなところ、いたくないわ」

助かりたかったのだ。孤島故に逃げられないその定めから。改めて彼女の神面を見てみると、その表情は死んでいた。口から苦悩が吐かれる。

「ウチは古くから続く宇喜多《うきた》家の分家なの。だから本家には頭が上がらなかったし、本家も私たちに付き従うことを求めていた。それでも真璃とは仲が良く、本当の姉妹のように付き合っていたわ。けど、成長するにつれ対等でいることが許されなくなっていった。真璃は将来島主になる身。私たち親族が彼女を支えなきゃならないんだって」

そういうことか。

「肌が白く金の髪をもつ真璃は、この島のお姫様。そして、日本人の私はただの召使い」

どこにでもあること。

「真璃が悪くないのは分かってる。でも、お祖母様《ばあさま》には逆らえない。この島の掟《おきて》には逆らえないの。この島にいる限り、私は真璃を憎み続けることになる」

本家と分家。昔からある主従関係だ。志郎も多くの世界で見てきている。他人がどうこう言えるものではないが、それでも彼女が抱えているであろう負の気持ちは理解出来た。

「だから、私にとって志郎は王子様なの。檻《おり》から救いにきた白馬の騎士」

そう言うと、彼女はその檻を取り払うかのように自らの神面に手を掛け…………外した。

「直……」

綺麗《きれい》だった。黒い長髪が宙を舞い、志郎と同じ色の肌からは温かみを感じ取れる。真璃《まり》より少し大人びた面持ちは、少女から女への転換期の証《あかし》。そして、その中にある悲壮感が彼女を一層美しくさせていた。

「これで後戻りは出来ないね」

微笑む直。初めて見せたその素顔を彼の顔へと導いていく。

「直……」

「志郎……」

互いの息が掛かる距離。志郎は逃げることも出来ない。

逃げる？

逃げる気なんて本当にあったのか？　手で押し返すことだって出来るのに。

望んでいる。魅入られている。彼女の本心を前に、彼の平静は失われていた。

そして、

唇が、

……。

「あああぁっ！」

その叫声が志郎の頭を貫いた。目が覚め、理性が働く。直を押し退《の》けた。

しかし、それ以上の問題が窓の外に。

「真璃」

例のお姫様が上着を羽織った寝巻き姿で立っていたのだ。坂崎《さかざき》家を抜け出した直に気付き、追い掛けてきたのか。こちらが気付いた時には、青ざめた神面を見せ怯《おび》えるように後《あと》退《ずさ》りしていた。

「真璃！」

志郎は堪らず吼《ほ》えてしまった。真璃も堪らず逃げてしまった。去っていく後ろ姿に、志郎は焦りと恐怖を覚える。ここで逃がしたら、もう二度と彼女は心を開かないだろう。

追う。それしかない。

ただ、その前に……。

「待っていろ、いいな」

志郎は直《なお》に言い聞かせる。

「絶対待っていろよ。帰ったら許さないからな！」

それは半ば脅迫染みていた。

窓から飛び出し、真璃の背中を追う志郎。されど届かない。相手は女の子だというのに距離が縮まないのだ。仕方ない。裸足《はだし》の上に舗装されていない道である。痛みが全力を出させてくれないのだ。けれど、このまま逃げられたら仕方ないでは済まされない。

「待て、真璃！」

叫ぶが応えず。夜だから土地勘のある彼女の方が素早い。差が開いていく。

ダメか——。

が、突然真璃が立ち止まった。何かに驚いたかのように身を跳ね上がらせている。

「真璃！」

お陰で捕まえることが出来た。志郎は後ろから彼女を抱え込む。

「いや、離して！」

「いや、離さん」

「変態、助けて！」

「叫ぶな、近所迷惑だ」

そして、これ以上反抗させまいとお姫様を抱き上げる。

「バカ、バカー！」

それでも諦めず口での抵抗を続ける真璃。品が悪いが、窘《たしな》めることは出来ない。志郎《しろう》のその行動も、王子様というよりは誘拐犯だったから。

そして、志郎は真璃の前に立ち塞がってくれたワンピースの彼女に礼を言い残し、戻っていった。

最悪の事態は回避された。しかし、まだ終わってはいない。

前田《まえだ》家の居間では、二人が不穏な空気を醸し出していた。一言も喋《しゃべ》らない。目すら合わせない。だが、本当に恐ろしいのはそれではなかった。

志郎が台所から人数分の冷茶を持って戻ってくる。無言でそれを差し出すも、口を付けたのは彼一人だけ。

沈黙。誰も口を開かず。いや、少なくとも彼女たちに至っては『開けられなかった』のだ。主導していた直も、反発していた真璃も、その異常な事態に閉口し切っていた。彼女らは気付いたのだ。そして怯えていた。……寡黙な志郎の怒りに。

そう、今この場で最も不気味なのは、真璃でもなければ直でもない、志郎自身だったのだ。必死に宥《なだ》め、二人の間を取り持とうとしていた彼が、今は何も言ってこない。ただ二人の前に座っているだけ。けれど、戸惑っているわけでもない。目は据わっており、挙動も落ち着いている。大人びていた。初めて見せるその態度に、彼女たちは不安を感じていたのだ。

既に直に余裕はなく、真璃にも怒りはない。二人の子供は、彼の一挙一動に神経を集《たか》らせていた。何が来ても覚悟は出来ている。

なのに、次の彼の言葉には耳を疑った。

「真璃、神面を外せ」

それは絶対の禁忌。

「ま、待って、真璃にまで……」

止める直。自分は決意しての行動であったが、それを他人に強要するなど見過ごせない。

だけど……。

「いいんだ、既に見ているからな」

「え？」

志郎の告白に面食らう直。そして、真璃は大人しくそれに従った。二人の神面の少女が一人の男に素顔を晒《さら》す。

「これで三人ともそれぞれが秘密を握ったな。これは俺たちだけの秘密。一蓮托生《いちれんたくしょう》だ」

死ぬも生きるも三人一緒だという。理解は出来る。理解は出来るが……。

しかも、更に彼は要求する。

「それと、二人とも今後は登下校を一緒にするように」

「え？　な、なんで!?」

勿論《もちろん》、真璃が嫌がるも、今の志郎はいつもの志郎ではない。

「従姉妹《いとこ》同士だ。仲良くしろ」

「嫌よ！」

「ダメだ。命令だ」

彼の力強い瞳に睨《にら》み付けられると、彼女もそれ以上は抗弁出来なかった。

豪腕、それでいて大胆。今までの彼とは思えない乱暴さだ。これが志郎の本性なのか。

誰にも分からない。本人にすら。

ただ、これから口にする言葉だけは、常に彼の胸にあったものだ。

「真璃」

「うん？」

「直」

「はい？」

「笑って過ごそうじゃないか」

そして、志郎はやっと笑みを見せた。

「俺は世界中を回って、色々な人々に会ってきた。皆幸せそうだったよ。笑っていたからな。家族や友人たちと手を繋《つな》ぎ合い、慕い合う。単純で当たり前のことだが、素晴らしいことだ。人は一人じゃ辛《つら》いからな」

優しく諭すそれは、彼女ら島の子供たちが知りたがっていた彼のこれまでの経験によるもの。だから真璃も直も素直に耳を貸した。

しばらく思索に耽《ふけ》る少女たち。そして互いの答えが同じだと分かると、一緒になって頷《うなず》いた。

これで志郎もやっと落ち着ける。つまり、落着ということだ。

「よし、今日はもう帰れ。送っていきたいところだが、二人なら大丈夫だろう。こんな時間に俺が一緒にいるところを見られたら厄介だからな」

頷き、冷茶を啜《すす》る真璃たち。

ただ、真璃から一つ。

「でも、志郎は大丈夫？」

「うん？」

更に、直からも一言。

「私たちは志郎一人に見せちゃったけど、志郎は私と真璃の二人でしょう？」

「うん？」

真璃、付け加える。

「私たちは一人分。志郎は二人分。罪の重さが違うわけよ」

「……うん」

直、付け加える。

「二人の素顔を見ただけで竜神池に沈められちゃうなら、二人分も見たらどんな罰を受けるのやら。勿論私たちは黙ってるけど、何が起きるか分からないから気をつけてね」

「……」

本当、素晴らしい落着である。少なくとも、二人を納得させて和解させたのだ。勝利と言っていいだろう。『ここの女の子たちは押しに弱い』という奥山の助言のお陰でもある。これでしばらくは安心だ。

志郎はそう自分に言い聞かせると、青ざめた顔で無理やり笑みを作るのであった。


夜空の下を歩く二人の少女。その間には嘗《かつ》てあった険悪さは感じられない。彼女たちのほぐれた神面を見れば、もう心配はいらなそうだ。

ただ、真璃は一つだけ訊いておきたかった。

「ねぇ、直」

「うん？」

「あの時……本当に志郎と……」

「まぁ、志郎次第だったかな」

　つまり、本気だったと。但し、直はこうも付け加える。

「けど、止《や》めて良かったと思ってる」

「え？」

「あんな形の初めてなんて、絶対後悔するだろうし……。志郎に感謝してる。やっぱりするならキチンとしないとね」

　微笑《ほほえ》む青の神面。片や、強張《こわば》る赤の神面。真璃《まり》はつい訊き返してしまう。

「それって……その、志郎のこと」

「好きになった」

　直、笑顔で答える。

「さっき好きになった」

　更にハッキリと。自信に満ちたその神面を見せられ、真璃は空笑いすら出来ない。

「志郎も満更でもなさそうだったし。この神面を外してもらうのも、そう遠くはないかもね」

「……」

「ねぇ、真璃」

「ふぇ!?」

「真璃は志郎のこと好きなの？」

「そ、そんなの……べ、別に」

「そう。ま、どうでもいいか。私には関係ないしね」

矜持《きょうじ》をもった直の物腰に、真璃は何も言い返せなかった。初めてである。怒りでもなく悲しみでもないその心痛に、彼女は恐ろしい不安を感じていた。

古くから続いた確執は、遂《つい》に終わりを迎えた。

そして新しい戦いが始まる。

女の戦いだ。

第四話　苦悩の島

ゴールデンウィークも中盤。休みを満喫していた志郎《しろう》は、今日は兵次《へいじ》の家に来ていた。タイル張りの今時の家である。最近建てられたであろうその清潔感は、ボロ借家の志郎を羨ましく思わせていた。

兵次の自室では、自慢の大型テレビでテレビゲームが披露されている。一緒にいた春麻《はるま》、秀樹《ひでき》らとともにその出来に感心する志郎であったが、それも最初の一時だけ。ゲームなどとは無縁の生活を送っていた身としては、がっつくより遠慮を選んでしまう。一番後ろで漠然と眺めていた。

それでもホストは気を配るのを忘れない。

「志郎、やってみろよ」

「ん？　ああ、やってみるか」

志郎、不馴《ふな》れな手つきで画面と睨めっこ。兵次のキツイ助言を受けながら兢々《きようきよう》とゲームを進めてみたが、

「あっ……」

一ステージもクリア出来ず……。向いてないのか。

「あーあ、下手だなー。小学生以下だぞ」

兵次、どこか嬉《うれ》しそう。志郎より勝った部分を見つけられたからか。志郎もまた笑って受け入れる。

しかし、これは重要なことである。兵次が男子たちのガキ大将でいられるのは、偏《ひとえ》にこの先進的な遊びに通じているからだ。志郎が世界中を回ったことで人気を得ているように、兵次も最新ゲームを持っていることで尊敬を得ていた。

「でも、兵ちゃんって凄《すご》いよね。こんなに色々持ってるんだもん」

褒める春麻。棚にあるゲームソフトにマンガ、プラモデルなど玩具《おもちゃ》の数々を眺めながら、その豪奢《ごうしゃ》ぶりを賞賛する。

「今までこんなに持ってる人なんていなかったし。内地だとこれが普通なの？」

「いやー、俺ほどは滅多にいないぞ」

自信満々に胸を張る兵次。

「通販があるからかな」

と、志郎が何気なく口にすると、

「ふふふ、ネットだよ、志郎くん。この島もインターネットのお陰で生まれ変わったんだ」

などと、優越感に満たされた面で見下ろしてくる始末。「お前だって新顔だろうに」と志郎は呆《あき》れたが、言ってることは間違っていない。春麻もそれには同意見だ。

「兵ちゃんの言う通り、ネットが来て変わったよねー。好きな映画を好きな時に観《み》れるし、相手の顔を見ながら電話も出来るし。世界が広がったって感じ。まぁ、物心付いたときには既にネットがあったけど」

確かに、文明の利器はここが孤島だということを忘れさせてくれる。そして、通販はあらゆるものを手に入れてくれる。案外、ここの人間は外界へ出ることに拘《こだわ》っていないのかも。

「けど、やっぱり内地に行ってみたいなー。生で見ると全然違うんだろうね」

やはり、バーチャルはリアルに敵《かな》わないか。確かにリアルは大切である。信頼関係を築くには、直接触れ合うことが一番なのだ。それが引越しの秘訣《ひけつ》。

するると家の電話が鳴る。兵次が出るとそれはお誘いだった。

「中学生連中がサッカーしようだってさ」

「いいね、サッカーなら習ったことがある。テレビゲームよりはやれるぞ」

身体《からだ》を使った遊びなら志郎も大歓迎だ。彼が賛成の言葉を上げると、それは決定となった。兵次も自信はあるよう。

「ふふ、俺だって小学生時代はサッカークラブに入っていたんだぞ。ってか、お前世界中回ってたんだろう？　いつ習ったんだ？」

「南米の刑務所に入ってた時」

「…………え？」

一方その頃、女性陣は身を清めに行っていた。

竜神池は宅地からそう遠くないところにあるが、行くには森の中を通る一本道を進まなければならない。人を拒むように生い茂った草木を避《よ》けつつ、衣を手にした少女たちが一列に歩いていった。

やがて木造の小屋が現れる。竜神池への入り口であり、支度部屋だ。彼女たちはそこで着替えをする。

「今日、暑くて助かったねー。竜神池って異常に冷たいんだもん」

大夢《ひろむ》が服を脱ぎながら言った。

「この小屋も新しいのにしてくれればいいのに。せめて電気を通してもらわないと」

直《なお》がアクセサリーを外しながら言った。

「充電式のランタンとか使えばいいでしょう。勿体《もったい》ない」

真璃が衣を身に着けながら言った。

今日の清めはこの三人であるが、真璃と直が一緒に入るのは珍しいこと。いや、初めてかもしれない。仲の悪さは有名なのに、二人揃《そろ》って今日は妙に落ち着いていたのだ。話す内容はいつも通りなのだが、苛立《いらだ》ちを見せない。真夜中の前田《まえだ》家での出来事を知らない大夢はつい怪しんでしまう。

「何かあったの？」

「え？　別に何も」

大夢は訊《き》いてみるが、二人は平然とした神面で首を振った。長い付き合いの大夢はその違和感を拭いきれなかったが、穏やかになってくれるというのなら言うことはない。

少女たちが肌が透けて見えるほどの薄い衣を纏《まと》うと、準備は万全だ。

小屋を出て少しばかり歩くと、やがて竜神池が現れた。ポッカリと空いた小さな池だ。この島の聖域の一つ。

ただ、彼女らにとっては都合のいいプールでもあったよう。大夢は神面を地面に置くと、それよ！　と、思いっきり飛び込んだ。

「ぷはぁー、気持ちいいー！」

堂々と神面を外せる数少ない場所だからか、羽目まで外している。ちょっと品がない。

「ほら、早く入りなよー」

大夢のキツくもおっとりとした目付きが、年下たちを泉の中へ誘った。手招き、手招き。

……けれども、入ってこなかった。ほとりで座り込んだまま池を覗《のぞ》いているだけ。二人揃って。

「どうしたの？　二人とも」

返事なし。神面は外しているものの、それ以上先に進もうとはしなかった。その表情は強張《こわば》っている。いや、怯《おび》えている？

「なに？　怖気《おじけ》づいてるの？」

そう、大夢の言う通りだった。真璃《まり》と直は怯えていたのだ。竜神池を見て、初めて自分たちの『罪』を思い出す。いつもの習慣になっていたので忘れていたのだろう。

罪を犯した身。しかも、真璃に至っては山の化身に叱られている。池に入れば、良くないことが起きる可能性が大きかった。

大夢もその心中を察する。岸に近寄った。

「あー。二人揃って何かしでかしちゃったわけね」

「いや……その」

「面白い話をしてあげようか？　三村《みむら》さんって覚えてる？　七年前、夫婦で島に越してきた」

「うん、旦那さんが早期退職して、ここで第二の人生を送ろうとしたんだよね」

「けど、一年もせずにまた引っ越しちゃったんだっけ？」

直、続いて真璃が答えると、大夢はもったいぶるように笑った。

「そう、でも真実は違ったのよ。あの奥さん、実は窃盗癖があったらしくてね。内地で何度も警察のお世話になってたんだって」

「ええ？　本当!?」

驚く真璃。

「それで引越しを繰り返してたらしいんだけど、それでも全然止《や》めなかったらしくて。旦那さんも別れればいいのに、責任感もっちゃってねー。それで、こんな孤島なら周りの眼《め》もあって盗みなんて出来ないだろうって考えたわけさ」

「で……やっちゃったの？」

呆れる直。

「そう、こっちはいい迷惑よ。一応、土下座までして謝ってたんだけど……。この島に警察なんていないし、何かあれば自分たちで解決しないといけない。大人たちが集まって相談してね、奥さんを試すことにしたの」

「試す？」

首を傾《かし》げる二人。

「この竜神池で泳がせたのよ。ここを一周すれば本当に心を入れ替えたと認めるって」

そして真実を明かす大夢。

「大人たちと旦那さんが見守る中、奥さんはゆっくりと足を入れた。……すると、まるで何かに摑《つか》まれたかのように池の中に引きずり込まれた。一瞬だった。悲鳴すら許されず、あっという間に頭まで飲み込まれた。残ったのは水面《みなも》の波紋だけ。大人たちは溜《た》め息《いき》をつき、旦那さんは絶叫した。正にこの場所でね」

「な、何でそんなこと知ってるの？」

真璃たちは池から後退《あとずさ》りしながら訊いた。

「ウチは飲み屋だよ？　大人たちが口を滑らせるのよね。で、二人は何をしたの？」

大夢の疑いに、二人は首を横に振る。

「じゃあ、入りなさいよ」

大夢の勧めに、二人は首を縦に振る。

しかし、罪がバレようがバレまいが、どちらにしろこの池で泳がされるのだ。真璃と直は互いに見合わすと……諦め、意を決した。同時に足を沈める。ゆっくり、慎重に、祈りながら。

「ん」

声を漏らす真璃。冷たい。いや、痛い。池水が蝕《むしば》んでくる。身体の奥にまで浸透し、邪《よこしま》な心を洗い流していくようだ。

この冷たさに耐えられず足を引いてしまったら、一気に飲み込まれる。そう覚悟しながら、二人は身体を浸していった。凍えるような寒さを凌《しの》ぎ、恐怖心を振り払う。永遠とも思える時間を心願に捧《ささ》げた。

必死に……。

謝りながら……。

……。

……。

……。

沈まない――。

許された――!?

いつものように浮く自分たちに気付き、少女たちはやっと安堵《あんど》の息を吐《つ》く。

「キツう……」

「こんな思い、もう勘弁よ」

安全だと分かっても、未《いま》だ支え合う真璃と直を見て、大夢は本当に仲直りしたんだと嬉《うれ》しくなった。

その後、乙女たちは安らぎの一時を楽しむ。

池に浮かびながら安眠を貪る大夢。それを確認すると、直は真璃に告白した。

「ねぇ、真璃」

「うん?」

「今まで、ごめんね」

「え?」

「意地悪なことばかり言って……。真璃を傷付けちゃって」

「直」

「初めて真璃をバカにしたときのこと、今でも覚えてる。十歳のときだった。『真璃っていいよね。いつも一番最初にやらせてもらって』。真璃、凄《すご》く悲しそうな顔をしてた」

直、堪《たま》らず顔を背ける。

「凄く後悔した。何であんなことを言ってしまったのか。何で悲しませる必要があったのか。真璃には罪はないのに。でも、どうすれば元通りになれるのかも分からなかった」

そして、もう一度口にする。

「ごめん」

直の本音。直の本心。今まで溜めていた悔悟の念を告白する。嘘《うそ》ではない。真実であろう。けれど、真璃は素直に受け入れられなかった。

「いや、私こそ……私だって。私の方こそ……」

彼女にだって後悔はあったのだ。罪悪感があった。直への不条理な嫉妬が、不必要なまでの苛立ちを得てしまっていた。

彼女も謝らないといけない。なのに、

「直、ごめん……私も怒鳴ってばっかで」

「ううん、いいの。私がいけないんだから」

「違う。私も直を……直を虐《いじ》めて……」

上手《うま》く言葉が出せなかった。本心には本心で答えなければならないのに。突然のことだったからか？　それとも、自分自身まだわだかまりがあったからか？　ただ、未だその心が定まっていないのは確かだ。

しかし、直は何故《なぜ》急に懺悔《ざんげ》をしたのだろうか。

「でも、どうして今になって……？」

「ここなら本当のことしか言えないと思って。それと……」

それは彼女が変わったキッカケ。

「志郎《しろう》が言ってたじゃない。笑おうって」

「笑う……」

「嫌いでもないのに嫌うなんて、そんなの笑って過ごせないでしょう？　それに志郎に言われたんだ」

そして、直は再び顔を見せ、

「私の本心を知りたいって」

笑った。満面の笑みで。

綺麗《きれい》だった。美しかった。美し過ぎて、真璃は怖かった。

真璃の中にあった一抹の不安が大きくなっていく。それでも今は笑って受け入れないと。

直との壁は無くなった。されど、代わりに柵が出来る。彼女が輝いていく様を見続けさ

せられるように。

　真璃は、また苦しんだ。


　この日、志郎は緊張していた。顔はどことなく硬く、身なりは普段より気を遣っている。一歩一歩踏み締める足は、まるでそこへ行くのを躊躇《ためら》っているかのよう。

　そして、その門前に立つと小さく深呼吸をした。

　そこは島一番の御殿、宇喜多《うきた》家。志郎は昼食に招待されたのだ。

　広い屋敷に無数の座敷。年季は入っているものの、寧《むし》ろそれが島主としての威厳を保たせていた。円《まどか》に案内され、彼は長い廊下を進む。

「来てくれてありがとうね」

「約束ですから」

　円の礼に緩んだ面で答える。志郎とて美人には弱いが、彼女は実に理想的だった。

「良かったわ､仲直り出来て。あの子も最近落ち着いてきたし。志郎くんのお陰かしら？」

「いやぁ、僕は何も」

「けど、頑固なあの子ともう仲直りしちゃうなんて。一体どんな手を使ったの？」

「え？　ふ、普通ですよ。普通に謝って……」

「そう」

微笑《ほほえ》む円。まるで不埒《ふらち》な方法を使ったことを見透かされているかのよう。まさかと不安になりつつ、志郎は話題を変える。

「真璃は今支度中ですか？」

「ええ、一応最低限のことは出来るようになってるから。私も見てるし、期待しててね」

「なら安心です」

志郎が座敷へ通されると、円は台所へと戻っていった。一方、そこには既に先客がいる。

「いらっしゃい、志郎」

直《なお》である。彼が呼ばれるほどなのだから、従姉《いとこ》の彼女が招待されていてもおかしくはないか。志郎も見知った神面がいたので、少し緊張が解けた。そのまま隣に腰掛ける。

「私も驚いちゃった。真璃が料理なんてね。今までそんな素振り見せたことなかったのに」

「女の子ならそういう時期も来るさ。直はどうなんだ？」

「真璃よりは経験あるかな？　今度作りにいってあげようか？」

「歓迎するよ」

やがて料理が運ばれてくる。カレイのから揚げ、刺身の盛り合わせ、肉じゃが、サトイモなどの煮物類……。味噌汁《みそしる》は鯛《たい》のアラか。一般的な家庭料理の品々だ。魚介類が多いのは地元ならではである。美味《うま》そうだ。

仕度を終えた真璃《まり》もやってきたが、

「志郎！……むっ」

志郎と直が並んで座っているのを見るなり、その神面は不満顔。仕方なく彼女は志郎の対面に座った。けれど、彼に褒められるとすぐに気分を持ち直す。

「凄いじゃないか、真璃。全部お前が？」

「まぁね、ちょっと手伝ってもらったけど」

「今度は本当にちょっとだろうな？」

「勿論《もちろん》！」

今度は——？　前にも食べてるのかと、直は小さな嫉妬を湧かせる。

やがて、円が『彼女』を連れて入ってくると、場に緊張が走った。この家の住人の真璃でさえ息を呑《の》む。

上座に腰掛けるのは屋敷の主人。この島の主だ。

「こんにちは、お祖母様《ばあさま》」

直のその挨拶で、彼も察する。

「初めまして、前田《まえだ》志郎と言います」

直に続き、志郎も出来る限り頭を下げた。どこの世界でも、その土地の長《おさ》には最大の敬意を示すもの。

「又衛門《またえもん》先生のお子さんね。ようこそ、宇喜多家へ。真璃と直の祖母です」

宇喜多於稀《おき》。この島の権威であり、法である。歳《とし》は六十前後というところか。やはり白肌金髪だ。円と同じように美人で落ち着いた佇《たたず》まいをもっているが、歳を取っても保たれたその鋭い目尻が、近寄りがたい雰囲気も感じさせる。厳格……というよりは、怪しげな雰囲気というべきか。ミステリアスな女性というのが、志郎の第一印象だった。

そして昼食会が始まる。

「うん、美味いよ。これはいい」

志郎の口はよく動いた。朝食を抜いてきたこともあるが、やはり味がいい。円の保証付きでもあったから、心配せずに胃の中へ迎えられた。

ただ、意外にも真璃の反応は鈍かった。褒めてもその神面が小さく微笑むだけ。志郎の言葉が嬉しくないわけではないだろうが、彼女らしからぬ異様な遠慮がある。その上、まだ料理に手をつけていない。

尤《もっと》も、その理由はすぐに判明した。

「初めてにしては上出来よ、真璃」

「ありがとうございます、お祖母様」

祖母が合格点を出すと、彼女はやっと安心して箸をつけた。

成る程、名家ならではである。これだけ厳しく育てられると、外では羽を伸ばしたくもなるだろう。真璃の傲慢さの理由も少しは分かる。更に続く祖母の言葉にも、真璃は厳粛に答えていく。

「真璃もやっと女性らしくなってきたわね。これならいい婿を迎えられるかしら」

「はい、精進します」

「けれど、学校の方はどう？　小学生の頃のようにはしゃいでるんじゃない？」

「そ、そんなことないですよ、お祖母様」

「まだまだ子供っぽいところがあるから心配だわ」

家では上品に演じていても、やっぱりあの本性はバレていたのか。生真面目な祖母は、もう一人の孫にも言う。

「直」

「はい」

「真璃のことしっかり見てあげて。馬鹿なことをしないようにね」

「分かりました」

粛々と頷《うなず》く直に、気まずそうにする真璃。

お目付け役。志郎はその言葉が思い浮かんだ。直の言う通り、この島にいる以上宇喜多家からは逃れられないのだろう。

その後も当主の小言は続いたが、途中円が宥《なだ》めて一段落。代わりに、志郎が進んで於稀の話し相手になった。真璃と直を護《まも》るという意味もある。

「志郎さん、日本語が達者なのですね。小さい頃から海外で生活していたと聞いていましたから、訛《なま》りもあるんじゃないかと思っていましたけれど」

「ええ、けど一ヶ所一ヶ所は数ヶ月から一年程度だったので、染まる前に次の土地へ移ってしまうんです。それに父が小説家だったお陰で、日本語には不自由しませんでしたから」

「又衛門さんの本、私も拝見させてもらっています。面白いですね。特にアレが良かったわ。アレ、あの……ヨーロッパの恋物語の……」

「『トランシルヴァニア交響曲』ですね」

「そう、人間と吸血鬼の恋愛物語。嫌だわ、私ったら物忘れが激しくて。歳なのかしら」

「とんでもない、お祖母様はまだお若い。恋愛小説がお気に入りなのが、その証拠ですよ」

「あら、お世辞がお上手なのね」

談笑。当主の機嫌が良いと周りも良くなる。

「それと『仙台黄門』。あのドラマも大好きなのよ。あれも又衛門さんが書かれてるんですってね？　驚いたわ。原作があることすら知らなかったから」

『仙台黄門』。片目のご隠居が、江戸を始め日本中で騒ぎを起こす時代劇だ。もう二十年以上続いている大ヒット番組である。

「ええ、あれは父が二十代の頃に書き始めた連載小説ですから。お陰さまで今も人気がありますよ」

「あれのお陰で歳を取っても退屈せずに過ごせてます。今度、小説の方も読んでみますね」

場が和んできた。於稀も打ち解けてきたようなので、今度は志郎が質問する。

「父から聞いたのですが、ここには竜神池という場所があるそうですね。やっぱり竜が関係するのですか？」

勿論、行ったとは言えない。ただの率直な疑問だった。

「ええ、昔から竜が棲《す》む場所として崇《あが》められていたの。実際、その池は深く、未《いま》だ底を見た者はいません。神聖な場所だから調査も入っていないわ」

「へぇ、なら潜ってみると、とんでもない発見があるかもしれませんね」

「そうね。でも、私たちはそうしないように護ってきた。何故なら、そこは神さまのおわす場所だから」

「神さま」

「この島には『天』『地』『人』の三つを司《つかさど》る神さまがいらっしゃるの。『竜神さま』、『山の大神』、そして『ちんざいさま』。今、この島があるのはその神さまたちの加護によるものなの」

「伝説ですか？」

「時は江戸時代、ここの島民は元々遥《はる》か北の八丈島に暮らしていました。しかし十七世紀後半、八丈島は深刻な飢饉《ききん》に見舞われたのです。当時の八丈島は江戸幕府の許可なく島を出ることは出来ず、日本本土に避難するなど到底許されませんでした。けれど、このままでは餓死するのみ。そこで島民の一部は意を決し、当時発見されたばかりの小笠原《おがさわら》諸島に移ることにしました。ただ、幕府に隠れて用意したボロ船や、彼らの未熟な航海術では辿《たど》り着ける可能性はほぼゼロ……。それでも、彼らは死を覚悟して航海に出たのです。何故《なぜ》なら口減らしが目的だったから……」

　つまり、自殺である。

「だけど、神さまたちは彼らを見捨ててはいませんでした。まず、大地を司る『山の大神』が大海原にこの神面島を生み出しました。次いで、天を司る『竜神さま』が風雨によって島を護って下さりました。最後に、人を司る『ちんざいさま』が人間たちをこの島へ導いて下さったのです。こうして、奇跡の上陸を果たした彼らは私たちの先祖となり、神さまたちを祭って以後も繁栄したのです」

　伝説と言えど、前半は恐らく事実だろう。いや、様々な経験をしている志郎《しろう》にとって、後半もまた信じられなくもなかった。

「特に宇喜多《うきた》家に関しては、神さまのお陰で今があるのですよ」

そして、於稀は孫たちを見る。

「真璃と直もいるし、丁度いいわ。まだ話していなかったしね」

祖母にそう言われ、二人は気を張った。

「ここに移住してからは、宇喜多家が中心となって島を発展させていきました。それから凡《およ》そ二十年後、島に一人の男性が流れ着いたのです。その人は白人だったそう」

「白人……」

「船乗りだったのでしょうね。船が嵐で沈み、運良くこの島に流れ着いた。見馴《みな》れない人間に島民たちは警戒したけれど、やはり可哀想《かわいそう》だということで助けたのです。感謝した男性は島のためによく働き、尽くしました。言葉を習い、共に汗を流し、人々に溶け込んでいったのです。島民たちもそれを受け入れていった……。やがて、彼はある女性と愛し合うようになりましたが、それが宇喜多家の娘でした」

一息吐《つ》くように茶を啜《すす》る於稀。

「それに怒ったのが、娘の父親である島主です。彼も男のことは認めていたけれど、大事な一人娘が相手となれば話は別。たった一人の子供。いつかは村の者を婿にと考えていたのに。しかも気付いたときには、娘は既に身籠《みごも》っており、やがて白い肌と金の髪の女の子を産んでしまいました。そのため島主は激しく怒り、その子を竜神池に沈めることにしたのです。男や娘、島民たちが見守る中、島主は赤ん坊を池に投げ捨てました」

誰かが息を呑んだ。

「すると、不思議なことに赤ん坊が浮いてくるではありませんか。しかも笑っている。赤ん坊は、まるで母親にあやされているかのように水面《みなも》を漂っていたのです。島民たちは竜神さまが生かしたのだと畏れ慄《おのの》いたが、それでも島主は許せない。次は神面山に捨ててきました。けれど、今度は宇喜多家の屋敷に白い狼《おおかみ》が現れ、咥《くわ》えていた赤ん坊を置いていったのです。終《しま》いには、夜、赤ん坊の顔を覗《のぞ》きにちんざいさままで現れた……。ここに至って、島主も流石《さすが》に諦めました。そして、神々に愛されたその孫娘を跡継ぎに選んだのです。以来、代々の島主は宇喜多家の白い女が継ぐことになりました」

初めて自分たちの立場の意味を知り、真璃と直《なお》は深く感服する。

「この島の島主は神聖なものなんですね」

志郎も成る程と相槌《あいづち》を打った。

「ええ、白い肌に金の髪は、神さまの祝福を受けた証《あかし》。島の者からも慕われていますし、島のために尽くすのが私たち一族の責務なのです」

口にするは固い信念。その通りだろう。だが、若い二人の神面は決して晴れやかなものではなかった。

宇喜多家か――。

厳しそうではあるが、決して悪くはなかった。家族全員と会ったわけではないものの、当主や嫡子がしっかりとしているのなら、特に心配もなさそうである。志郎も安堵《あんど》出来る。

……ただ、だからこそ直は苦しんでいるのかもしれない。

「おい、志郎！」

叫ばれて、志郎は気を取り戻した。竿《さお》を見ると引きが来ている。

「お、おお！」

釣った！　やった！　ササヨだ！　しかも……、

「うわっ、イエロー……」

黄色かった。真っ黄色。目の前にぶら下がるそれに、志郎は目を奪われる。だが、兵次《へいじ》が笑っているのを見るとそういうものなのだろう。

「黄色いんだよ、ここのササヨは」

「食えるのか？」

「ああ、けど、俺はあまり好きじゃないな。カッポレがいいぞ、カッポレが」

「なら、試すか」

昼食会の翌日、志郎は兵次、春麻《はるま》、秀樹《ひでき》の男四人組で釣りに来ていた。磯釣《いそづ》りだ。地元民ならではの釣りスポットで、悠々と釣り糸を垂らしている。ただ、自然そのままの岩場である。凸凹《でこぼこ》の地面に、時折掛かる水飛沫《みずしぶき》。落ちると命の危険があるところだ。それでも皆馴れているようで、一番小柄な春麻ですら涼しい顔で志郎に声を掛けてくる。

「志郎くん、魚捌《さば》けるの？」

「人並みには。まぁ、刺身だな」

「羨ましい。僕なんて包丁握っただけで怒られるんだよ」

「相当信用されてないんだな。何をしでかしたんだ？」

「いや……ちょっと包丁を圧《へ》し折ったりとか……」

圧し折る？　圧し折る……。圧し折れるものなのか……――。

「母子家庭だから、僕も人並みに料理が出来ればって思ってるんだけど」

春麻の悩みか。

「魚に関しては秀樹が一番だな。何せ漁師の息子だし」

そう言いながら志郎に寄ってきたのは兵次である。釣り場所を変えるためか。その秀樹はというと遠くで黙々と釣っていた。図体《ずうたい》の割には寡黙だよな。釣果もこの中では一番である。

「なぁ、兵次。アイツ、図体の割には寡黙だよな。そういう性格なのか？」

「アイツのことはどうでもいいんだよ」

「は？」

志郎は思わず訊き返してしまった。お前が話し出した話題だろうに、と。そしてその代わりとばかりに、兵次は志郎のことを話し出す。春麻にも聞こえない小声で。

「志郎、お前、真璃《まり》んちでご馳走《ちそう》になったんだってな」

「ああ」

「どう思ってんだ？」

「どうって？」

また訊き返されると、兵次は続きの言葉を躊躇《ためら》う。が、それでは意味がない。彼は意を決して口にした。

「好きかってことだよ」

「まぁ、好きだな」

「はぁ!?」

その即答に、どこから出たのか兵次の甲高い叫びが響き渡った。春麻も目を丸くしてこちらを見てる。

「好きって……どういう意味？」

「そうだな……。可愛《かわい》らしいじゃないか。怒りっぽくて不器用だけど、健気《けなげ》で思いやりがある」

「直はどうだよ？　アイツもお前のことを気に入ってそうだし」

「好きだな」

「はぁ!?」

「やっぱり可愛らしいじゃないか。距離を作り自分のことは語らないが、大人びていて甘え上手だ」

「じ、じゃあ、どっちを選ぶんだよ？」

「選ぶ？　好き嫌いを言ってるだけだろう。何で選ぶ必要があるんだ。人を好きになるのに人数制限なんてあるのか？」

兵次、目を吊《つ》り上げる。望んだ答えが出なかったからか、若しくはその態度が癇《かん》に障ったのか。それでも、苛立《いらだ》ちを見せる彼に対し志郎は冷静にあしらっていた。

「お、お前、ふざけんなよ。後から来た分際で……。しかも堂々と宣言しやがって」

「落ち着けよ。後から来た分際って、先着で決まるのか？」

「先輩を尊重しろってんだよ」

「お前こそ、三年間何してたんだ？」

「お前は……」

プルプル震え出す兵次。いけない、気が短過ぎる。

「本当に落ち着けよ、兵次。つまり、俺はワザと真璃に嫌われろってことか？」

「そ、そこまでは言ってねぇよ」

「それに、お前は真璃のことを考えていない。神面ってのは両想《りようおも》いになって初めて外れるんだろう？」

「……ああ」

「結局は、お前自身が真璃に好かれないと意味がないってことだ」

兵次、黙る。

「そもそも、俺が来る前まではどんな関係だったんだ？　真璃と上手《うま》くいってたのか？」

兵次、跪《ひざまず》く。

「要は真璃次第だ」

兵次、項垂《うなだ》れる。

「悪いが、俺にはどうしようもないよ。……おおっ！」

きた！　志郎の竿がしなる！　感触からして大物のよう。腰を落とし竿に専念する。

「おお、凄《すご》いぞ。兵次、タモ！　タモ取ってくれ！」

兵次、反応せず。抜け殻だ。役立たずめ！

それでも代わりに春麻が助けてくれて、無事釣ることが出来た。全長八五センチ。立派なカッポレである。

「凄ーい、大物だよ、志郎くん」

「ああ、助かったよ、春麻。それに引き換え、コイツは……」

島の番長を呆《あき》れながら見下ろすも……ダメだ。未《いま》だ動きやしなかった。止《や》むを得ず、志《し》郎《ろう》はその獲物を彼に差し出す。

「ほら、兵次。これをやるよ。好物なんだろう?」

「え?……いいのか?　美味《うま》いんだぞ」

「一人じゃ食べ切れんからな。これでも食って元気になれ」

志郎のそれは、邪《よこしま》さなどない自然な笑みだった。友人を想う慈悲の心。兵次は自身の嫉妬心の醜さを思い知り、そして恥ずかしくなってしまった。

「志郎、お前、いい奴《やつ》だな」

「それと、俺はお前のことも好きだぞ、兵次」

話せば分かる。それでいて嘘《うそ》をつかない実直な性格。兵次は実に親友に相応《ふさわ》しい男である。

ただ残念なことに、兵次の悩みは解決しそうになかった。

結局、残った釣果はあのササヨ一匹だけだった。尤《もつと》も、秀樹からアジを分けて貰《もら》っていたので、夕食に関しては心配いらない。帰路についた志郎は実に上機嫌だった。

この島に来て早一ヶ月。彼はすっかり馴《な》れ親しんでいた。まるで東京へ行けなかった苦悩を忘れているかのよう。

そう、苦悩なんてしない方がいい。忘れられることが、どれだけ幸せなことであろうか。皆が皆、そう振り切れるものではないのだから。

そんな折、彼は道中に新しい苦悩を見つける。

「奈々子《ななこ》さん」

紫色神面の彼女だ。一見ただ散歩をしているだけのように見えたが、その神面はどことなく曇っていた。

「あ、志郎くん、お出かけ？」

「釣りの帰りです。奈々子さんこそ何か悩みでも？」

「え？　どうして？」

「暗そうな顔をしてたんで。あ、神面か」

内心の動揺に気付かれてしまったからか、その神面は戸惑いを見せた。だが、すぐに正直になる。

「そうか、そんな顔しちゃってたか」

「どうしたんです？」

「別に……。ただ、なんか不安になっちゃってね」

「不安？」

「将来のこととかね」

彼女もか。いや、皆そうなのだろう。この小さな島に全てを捧《ささ》げるのか迷っている。特に、神面を付けている女の子には選択肢が少ない。

「もし良かったら、少し話さない？」

志郎はその誘いを承諾し、二人は道端にあったベンチに腰を掛けた。

「こんなところにベンチがあるんですね」

「農作業の合間の雑談用とかにね。お年寄りには立ち話はキツいから」

成る程とベンチを撫《な》でる志郎。周りを見渡せば田畑ばかりだ。……いや、人もいる。何人かが島の運動広場へ荷物を運び込んでいた。

「あれ？　何か準備してますね」

「明日の準備よ。お祭りの」

「そうなんですかー」

志郎のその何気ない言葉が、彼女に意を決させた。

「志郎くんは将来に不安はないの？」

「そりゃ、あるよ。父親のせいで世界中を回ってるからね」

「色々なところに行けて幸せじゃない」

「もう十年だ。流石《さすが》に疲れたよ。奈々子さんもやっぱり内地に出たいの？」

「うん……。でも、そこまでじゃないかも。島は好きだし、島の人も優しいし。ここで一生を終えるのもいいかな」

「じゃあ、何を悩んでるの？」

「……分からない」

奈々子が空を見上げると、既に星が出ていた。

「これでいいはずなのに、何故《なぜ》か不安になる。それが悩みかも」

「難しいな。俺の専門外だ」

「専門の人なんていないわよ。自分のことは自分にしか分からない」

そうだ。その通りだ。自分で解決するしかない。

「けど、不思議だ。奈々子さんは生徒の中で一番大人びてると思っていたから」

「大人か。そう、大人になるんだよね」

微笑《ほほえ》む神面。……が、それはすぐに慄《おのの》いた。

「私ね、本当は怖いの」

乙女は告白する。両肩を抱え、身を屈《かが》めながら。

「好きだと思っても実は好きじゃなかったり、愛されていると思っても実は愛されていなかったり」

「奈々子さん」

「好きな人が神面に手を差し伸べたとき、もし外れなかったら……。そう思うと、怖いの。恐ろしいの」

「……」

「皆は安心しなさいって言うけど、そんなこと……。外の人たちはどうなんだろう？　皆、気に留めないの？　素直に信じているの？　怖くないの？」

志郎は言葉が浮かばなかった。何て返せばいいのか、悩み、悩み、苦悩する。だが、必ず何かを言わなくてはならない。彼女を救うために。

彼は苦慮しながら、ゆっくりと口を開く。

「その……それは当たり前のことだと思う。皆、苦しんでるんだよ。でも、皆がそう言ってくれるのは、それが最も理に適《かな》っているからだと思う。大昔から続いてるんだ。そうやって心を慰めていたんだろう」

「……」

「……」

必殺の犬井千代もキレが悪かった。理ではダメだ。彼女が求めているのは、心を安らげる方法である。そんなもの、都合のいい創作の人物がもっていようか。

偽りじゃない、自分の言葉を口にするのだ。幾多の経験と曇りない本音を露《あらわ》にすればいい。

志郎は小さく深呼吸をすると、

「外も色々だよ。愛する人にどう応えるかと悩む人もいれば、自分は愛されて当然という人もいた。けれど、どんな人でも一度は壁にぶつかる。人は一人きりじゃ辛《つら》いからね」

微笑んだ。

「俺もぶつかった。父さんと見知らぬ土地へ行って、時には離れ離れにもなった。時々思うんだ。父さんにとって俺は何なんだ？って」

「志郎くん……」

「父さんは素晴らしい人間だ。尊敬している。超人だよ。あらゆる世界で適応してきた。馬に乗り、剣を携えては、銃を使う。色々な獣とも戦った。それは全て、小説を書くためだ。俺は付いていくだけで精一杯だったよ。そして、堪《たま》らず訊《き》いたんだ。俺は父さんにとって必要なのか？　と」

志郎の溜《た》め息《いき》。彼もまた苦悩を吐き出す。

「父さんは答えた。不要だってね」

「そんな」

「だけど、こうも言った。連れているのは、息子である俺を楽しませるためだって」

「楽しませる……？」

「人生において最も大切なことは、楽しむことだって。そして、楽しんでいれば笑顔になる。逆も然《しか》り。不安なら笑っていればいい。福が来るよ。何せ、笑顔が嫌いな人なんていないのだから」

そして、

「俺も奈々子さんの笑顔が見たい」

志郎のその言葉が、彼女の神面に笑みを蘇《よみがえ》らせた。心が洗われ、その苦悩が綺麗《きれい》に消え去っていく。他人から笑顔を求められれば、素直に嬉《うれ》しいものだ。

「ありがとう、志郎くん」

「お役に立てて何よりです」

笑い合う二人の男女。志郎もまた、慰められた気分だった。

その時、見馴れた人物が志郎の目に入る。

「お、先生」

奥山殿介《おくやまでんすけ》である。恐らく学校からの帰りだろう。ゴールデンウィークでも教師に休みはないのだ。

「奈々子、志郎。ど、どうしたんだ？　二人で」

僅かにだが、彼は戸惑いを見せた。ここで出会ったのは、奥山にとって都合が悪かったのか？　それとも……。されど訊いても答えまい。志郎はスルーする。

「相談に乗ってたんですよ、奈々子さんの」

「え？　何だ、悩みがあったのか？」

奥山は彼女に目をやるが、当人は兢々《きょうきょう》と俯《うつむ》くだけ。

「あるなら言ってくれれば良かったのに。いつでも相談に乗るぞ」

それでも、彼女は答えず。彼に焦りが生まれる。

「奈々子、言ってみろ」

迫る奥山。教師としての矜持《きょうじ》がそうさせるのか。だが、その熱心さが更に奈々子を怯《おび》えさせた。というか、熊のような男に迫られれば、誰だって引くだろう。仕方がない、志郎が助け舟を出す。

「落ち着きなよ、先生。相談ってのは誰が相手でもいいってわけじゃないんだ」

「え？　そうか？」

「歳《とし》が近い方が話し易《やす》いってのもあるし。先生とじゃ十歳も差がある」

「そうか……」

一応納得する奥山。しかし、志郎の方は納得いかない。志郎のときは人任せだったくせに、奈々子に関してはイヤラシイほど気を遣っている。下心か？　差別である。気に食わん。だから、彼は言ってやった。

「正直言うと、先生に不満があるんですよ」

「な、なに!?」

「ちょっと、志郎《しろう》くん……」

奈々子が止めに入るも、構わないとばかりに続ける。

「いいんだよ、奈々子さん。昨今、教師のモラルの低下が叫ばれているからね。特にこういう孤島だと、生徒自身が自力救済しないと」

「不満ってなんだ？」

奥山が食いつくと、志郎は偉そうに説教を始める。

「そうですね、例えば煙草《たばこ》とか」

「煙草？　煙草に関してはキチンと気を遣っているぞ。外で吸うし、灰皿も携帯している」

「そういう問題じゃないんですよ。煙草を吸えば、否《いや》が応《おう》でも臭いがつく。それが周りを不快にさせるんです」

「言いたいことも分かるが、俺だってマナーを護《まも》って吸ってるんだし」

志郎、溜《つ》め息を吐く。

「先生、違う、違うんですよ。マナーとか、ルールとか、法律とか、それらとは別問題なんです。規則を護っているからといって、無条件に受け入れられるとは限らないんです」

「そ……」

「先生が煙草を吸うのは構わない。けど、そのせいで俺たちが先生を嫌うのも、また構わないんです」

奥山は完全に黙した。

「俺も色々な世界を回りましたが、多くの場合が発展途上国の田舎でした。そういうところは法律が行き届いていない。となると、何がルールになるか。それはお互いの尊重です。互いに笑って過ごすためには、尊重し合わなければならない」

更に俯く。

「大人ばかりの職場ならまだいいですが、相手は十代の学生だ。俺たちが煙草をプカプカ吸ってる不良に見えますか？　煙草の煙をなんとも思わないとでも？」

正直、志郎自身言い過ぎだとも思っていた。言い掛かりに近いかも。転入してまだ一ヶ月の生徒が、代表面して抗議しているのだ。それでも、一度火がつくと勢いは止まらない。

「例えば、奈々子《ななこ》さんは女性だ。いつかは子供を産むだろう。そんな身体《からだ》に煙を吸わせられますか？」

「子供……」

「奈々子さんもそう思うよね？」

「え!?　その……」

急に振られて、奈々子面食らう。

「いいんだよ、正直に言って。可哀想《かわいそう》に、学校で一番お淑《しと》やかで優しい故に、先生に気を遣ってるんだ」

「そうなのか？　奈々子」

二人に迫られれば、彼女も答えずにはいられなかった。

「まぁ……少し控えてくれると助かるかも」

少女は申し訳なさそうに、それでも本心を込めて口にする。それに対し、奥山は驚き、そして頭を下げて謝った。深く、深く……。

「すまなかった。もう吸わない」

「いや、嗜《たしな》むぐらいは……」

「志郎の言う通りだ。吸わないに越したことはない。将来のことを考えれば尚更《なおさら》な。内地で余計なことを覚えてきちまったようだ」

担任が苦笑いで謝ると、生徒も微笑んで許した。

そして、彼女もまた志郎への感謝を示す。

「ありがとう、もう迷いはないわ」

もう曇りは消し飛んだよう。晴れやかな神面で笑みを見せてくれた彼女は、正にこの島に相応《ふさわ》しい清純な乙女であった。

志郎もその神面の奥にあろう本物の笑みを感受し、心の糧とした。

悩みか。皆、大なり小なり悩みを持っている。当然だろう、人間なのだから。けれど、その解決策というのが中々見つけられない。特にこういう孤島だと、『逃げる』という最もポピュラーな選択肢を選べないのだ。

志郎は、今まさにそれを痛感していた。

「お前ら、何してるんだ？」

無人のはずの前田《まえだ》家で待っていたのは、二人の乙女。居間でテレビを見て寛《くつろ》ぐ真璃《まり》と直《なお》だった。しかも、素顔で。

「え？　勿論《もちろん》、志郎を待ってたんだよ。っていうかどこ行ってたの？　電話しても出ないし」

寝転がっていた真璃が言う。正に自分ち状態。いくら田舎でも、家主がいないのに勝手に上がり込むなんて。だからとて追い返すことも出来ない。ここは女の島。女性優先なのだ。

「夕飯のオカズを獲《と》ってたんだ。それで何の用だ？」

「夕飯を作ってあげようと思ってね」

茶を啜《すす》っていた直が答えた。

「本当は私だけで来ようと思ったんだけど……」

直が真璃を横目で見るも、彼女に鋭い眼差《まなざ》しで返されている。抜け駆けは無理だったのだろう。

仕方がない。ここは素直に甘えておくべきか。志郎は二人に釣果を差し出す。

「なら、コイツで夕飯を頼む。ササヨは刺身で、アジはフライだな」

「はーい」

三人分はあるだろう。ただ、真璃は不満顔だった。

「あれ？　カッポレないの？　私、カッポレが食べたいんだけど」

「釣ったんだが、兵次《へいじ》にくれてやった」

「兵次に!?　兵次なんかにあげないでよー」

「酷《ひど》いこと言うな。アイツは良い奴《やつ》だぞ」

庇《かば》う志郎。更に、直もこれには同意。

「本当、真璃に気がありそうだし。兵次と付き合ったら？」

というより押し付ける。悪ふざけは健在か。

「絶対嫌。全然タイプじゃないもん」

そして、それを真正直に言い返す真璃もまた健在。可哀想な兵次……。

台所へ行く乙女たち。ただ、ボロ家の台所である。二人が入るには少し窮屈か。

「あと、冷蔵庫にキャベツがあったはず。あれで千切りだな。ジャガイモと玉ねぎもあるから味噌汁《みそしる》の具にして。あ、三人分の食器あったか？」

「注文が多いなー」

真璃は不満だったが、志郎は不安だった。

「それよりお前、魚を捌《さば》いたりフライにしたり出来るのか？」

「出来るよ。この前食べたでしょう？」

「けどアレ、おばさんに見てもらいながら作ったんだろう？　塩何グラムだっけ？　とか、大さじ一杯ってこれでいいの？　とか、一々訊《き》いてたんだろう」

「……覗《のぞ》いてたの？」

こりゃダメだ。志郎、真璃を止める。

「真璃は下がれ。お前の血塗《ちまみ》れサラダなんて食いたくない」

「何でよ、信用出来ないの!?」

「フライなんだぞ。油を使うんだ。お前のせいで家が燃えたら、父さんに殺されちまう」

真璃、大不満顔。怒りそう。いや、泣きそうかも。

確かに、料理に自信をもち始めた矢先に出鼻をくじくのは良くないことだろう。その一方、心配なのも確かだった。何においても馴《な》れ始《はじ》めが一番怪我《けが》をし易い。親の目がないところでは背伸びもしたくなるもの。

志郎は波風を立てないよう機械の如《ごと》く無機質に言い放つ。

「お前の料理は前食べた。今度は直の番だ」

「ええ!?」

「順番だ、順番。公平にしないとな」

そしてその両肩を優しく叩《たた》くと、彼女も渋々受け入れた。

「とは言ってみたものの、直、お前の方は大丈夫なのか？　フライの経験は？」

「任せて。真璃よりは経験あるよ」

そう言うと、直は馴れた手つきで仕度を始める。

「親が留守にしていることが多いから、ちょくちょく自分で作ってるんだ」

「ほう、なら任せてもいいか？」

「ええ」

そう彼女が微笑《ほほえ》んで答えると、志郎も安堵《あんど》を得られた。神面もミステリアスで悪くはないが、やっぱり素顔は素晴らしい。直の本心に触れているよう。

だが、少し無用心でもある。志郎は居間のカーテンを閉めながら忠告した。

「お前たち、家の中だからって神面を外すなよ。外から見られたらどうする」

「その辺はちゃんと気をつけてるよ。昨日今日で付け始めたんじゃないんだから」

真璃が面倒臭そうに答える。が、志郎は納得せず。

「人間だけじゃない。神さまも見てるんだぞ」

特に真璃には狼《おおかみ》の件がある。あんな目に遭ってるのだから、気を遣わない方がおかしい。

……それでも、彼女は面倒臭そうに寝転がってみせた。短いスカートで。

「大丈夫。ここは人里なんだから、狼なんて出やしないよ。それに竜神池に入っても全然大丈夫だったし。つまり、竜神さまのお墨付きってわけよ。ああ、竜神さまサイコー。狼は頭でっかちー」

「罰が当たるぞ」

「っていうか、志郎こそ、この間私に神面を外せって言ってたじゃん」

「うっ……」

「あ、そうだ、マンガとかない？」

「……無いよ。しょっちゅう引っ越ししてたんだ。邪魔になる」

「えー、気が利かないなー」

真璃のこの無防備っぷりは、若さというか、経験の無さ故なのだろう。怖いものをすぐに忘れられる超前向き性格は志郎も羨ましく思えたが……結局、その分は彼がフォローせざるを得ないのだ。志郎は頭が痛かった。

一方、直の方は順調だった。他人の家というアウェーにも拘《かか》わらず、僅か一時間弱で夕飯の準備を整えてみせる。

「ほう」

その出来栄えに、志郎《しろう》も思わず顔を綻ばせた。

ササヨの刺身に、キャベツの千切りを添えたアジフライ。ジャガイモと玉ねぎの味噌汁に、ベーコンと目玉焼きだ。派手さはないが、安心を得られる品々。一般的な家庭料理。宇喜多《うきた》家での昼食には敵《かな》わないが、限られた材料、限られた時間で成したその手際の良さは、真璃も感心してしまう。料理本片手の彼女からすれば、一朝一夕では縮まない差であることを認めざるを得なかった。

「さぁ、頂くか」

重要なのは味だ。志郎は挨拶をし、アジフライに箸を伸ばす。

「美味《うま》い」

即答。よく火が通っている。衣もサクサクで歯ごたえが良い。真璃を見ると、彼女も無言で頷《うなず》いていた。

「ありがとう」

直、また微笑む。やっぱり笑みはいいものだ。

子供だけの食卓。神面もないせいか、話は盛り上がっていた。その内、真璃がある疑問を口にする。

「ところでさ、この間のお祖母様《ばあさま》の昔話、一つ腑《ふ》に落ちないんだけど」

「ん？」

「島主が赤ん坊を殺そうとしたけど、何で自分でやらなかったの？　包丁で刺すなりすればいいじゃん」

「身も蓋もないな」

志郎は呆《あき》れたが、直もそれには同意見だったよう。

「昔話なんてそんなものよ。話を劇的にするための演出でしょう。実際はそんなことなかったんだって」

「作り話ってこと？」

「宇喜多家が島主を継承するという正当性のためにね。神さまに愛された血筋なら、誰も文句は言えないわよ」

納得。筋は通っていた。だが、志郎はもう一つの可能性を口にする。

「赤ん坊は神さまにしか殺せなかったんだよ」

「どういうこと？」

「内地から離れた絶海の孤島。外からの干渉はなく、自分たちで全てを決めなければならない。いくら島主だからって、いくら自分の孫だからって、彼の一存で罪のない命を奪うことなど許されるだろうか？　島民たちは赤ん坊を殺すことに同意しただろうか？」

「うーん」

「島主はあくまで島のまとめ役に過ぎないんだろう。この島で一番の権威は神さまであり、神さまが決めたことなら島民たちも異論はないはず。そう島主は考えたわけだ」

「成る程ー」

真璃と直もそれはそれで合点した。

「真実は分からないが、ここでは神さまへの信頼が絶大なんだな」

彼もこの島で超常的な体験をしているからか、畏敬の念は忘れていなかった。

神への崇拝……。神さま……。神さまといえば……。志郎は思い出す。

「そういえば祭りがあるんだっけ？」

「うん、明日だよ。おじさんも出られるんでしょう？」

「ああ、明日の昼には帰ってくるからな。それで、祭りって普通の夏祭りじゃないよな。神さまへの祭事？」

真璃と直、思わず見合わせた。

直から一言。

「聞いてないの？」

「父さんからは……」

真璃も一言。

「ああ、そういう性格なんだっけ」

「不肖の父で……。それでどういう祭りなんだ？」

また見合わす二人。声を発さず意気投合すると、同時に首を横に振った。

「知らなくて大丈夫。明日のお楽しみだよ」

「え？」

「運がいいよ、志郎は。この島だけの特別な儀式だからね」

微笑む乙女たち。やっぱり笑みはいいものだ。だが、今回は異様な不安感に襲われた。

こういう場合、大抵悪い結果が待っているから。

けれど心配していても仕方がない。

ここは絶海の孤島。逃げ場など無いのだから。


楽しかった。やはり食事は一人より皆でとるのがいい。特にそれが美少女となら、腹だけではなく心をも一杯に出来る。志郎はせめてものお礼として、拒む二人を強引に家まで送っていった。

「もう、本当に良かったのにー」

宇喜多家の前に着いても、真璃《まり》は遠慮の言葉を送ってくれる。

「本当、私たちは馴れてるけど、志郎こそ帰りは気をつけてよ」

直《なお》も心配してくれる。志郎は果報者だ。尤《もっと》も、真璃には別の狙いがあったようだが。

「っていうか、本当のところは泊まっていきたかったんだけど」

「そうさせないために送ったんだ」

志郎は苦笑してそれを躱《かわ》した。そして、お休みの挨拶で締め括《くく》る。

「二人とも今日はありがとう。お休み」

「「おやすみー」」

二つの神面を見送り、彼は帰路につく。

幸せである。こんな満たされた夕食を過ごせたのは、彼にとっても久しぶりかもしれない。だが、大き過ぎる幸せは時には毒にもなる。彼女らを泊めなかったのは、世間的、道徳的観点もあったが、やはり危険過ぎたからだ。三人は未《いま》だ未熟な関係。亀裂も簡単に入る。慎重な志郎らしい判断だった。

それでも、彼は後ろ髪を引かれていた。いくら経験を積もうとも、所詮中身は十六歳の思春期男子でしかない。心のどこかで惜しいと残念がっている。

その心を、彼女がまたくすぐってきた。

「志郎」

帰路の志郎を呼び止めたのは……直だった。

「どうした？　忘れ物か？」

　高鳴る心臓を抑えながら、志郎は平然と訊き返す。されど、それも看破されているよう。彼女は流れるように彼の腕にしがみ付くと、一緒に前田《まえだ》家への帰路につこうとする。

「おいおい、帰らなきゃまずいだろう」

「大丈夫、今夜はウチ、私一人だけだから」

「前みたいに真璃の奴《やつ》が気付くと思うぞ」

「ちゃんと家の明かりを付けっぱなしにしておいたから、偽装も完璧よ。それに着替えも用意したし」

　そう言うと、直は笑顔の神面で手提げカバンを見せてきた。

「いいでしょー？　今回はちゃんと真璃を出し抜いたんだしー。それにスケッチの時は向こうに出し抜かれたからね。これでおあいこ様」

「呆れた奴だな」

　その手際の良さに、志郎もそれ以上問い詰められず。……いや、それもやっぱり下心が止めたのだ。彼女もそれに気付いている。

「志郎も嬉《うれ》しいくせに」

　しがみ付いている腕に豊満な胸部を押し付けながら、直は得意げに言った。

「そうだな」

志郎も微笑《ほほえ》んで肯定する。本音だった。食事に限らず、誰かと一緒に過ごすのはやはり楽しい。引越しで別離ばかり経験してきた志郎にとって、他人との深い触れ合いこそ一番望んでいたものだった。

とはいえ、冷静な志郎とてこう引っ付かれては惚《ほう》けてしまう。夜道、それでいて家には誰もいないという状況も、彼の心を焚《た》きつけている一因であろう。前回の夜這《よば》いはあまりにも衝撃的過ぎて逆に冷静にいなせたが、自然な流れに乗せられると途端に抗《あらが》えなくなる。恐らく、『郷に入っては郷に従え』の精神のせいか。相手に合わせてしまうのだ。結局、彼は真璃に後ろめたさを感じつつも、おあいこ様という言葉に責任を放り投げてしまった。

緊張塗《まみ》れの志郎と、満足感に溢《あふ》れる直。歩くその姿は正にカップルである。

ただ、彼にも理性は残っていた。

「じゃあ、少し散歩するか？」

「え？」

「家に泊まらせるなんて出来ないし、お前の家に上がり込むことも出来ない。だから、夜空を眺めながら散歩でもするか」

「もしかして真璃に気を遣ってる？」

直は不満そうに言った。

「物事には順序ってものがあるだろう？　それとも、嬉々《きき》としてお前を連れ込むような軽い男だと思ってるのか？」

そう訊かれると、彼女も苦笑して受け入れるしかなかった。こういう真面目なところも、彼が好きな理由の一つなのだから。

僅かな街灯と月明かりを頼りに、二人は夜の島を散策する。

「綺麗《きれい》な夜空だよな」

志郎が見上げながらそう呟《つぶや》くと、

「でも、他のところも綺麗だったんじゃない？」

直が意地悪な返しをする。けれど、彼はそれを自然にいなすのだ。

「まぁな。でも、場所によって全然違ったよ。どこも同じように思えるけど、その土地、その土地の空がある。島が小さい分、ここの空はより広大に見えるな。まるで宇宙にいるようだよ。吸い込まれそうだ」

「じゃあ、しっかり摑《つか》まえておくね」

直はそれは嬉しそうに彼の手を握りしめた。

やがて辿《たど》り着いたのは夜の学校。流石《さすが》に中には入れないが、校庭の朝礼台に腰掛けて堪《たん》能《のう》する空と海は、実に絶景だった。いや、その暗さから空と海の境界線すら曖昧で、二人は本当に宇宙の真ん中にいるような気分に陥る。

そして、直は徐《おもむろ》に神面を取ってしまった。その美しい光景を直《じか》に目にしたかったから。

それに対し、志郎《しろう》が眉間にシワを寄せるも、

「大丈夫、誰も来ないよ。それに暗くて分からないだろうし」

彼女は素顔の笑みで華麗にスルー。可愛《かわい》かったので、彼もつい黙認してしまった。

「でも、志郎が取ってくれると私も堂々と素顔を晒《さら》せるんだけどなー」

「いや、試してみて取れなかったらショックだからなー」

「ウソ」

「ん？」

「本当は真璃と迷ってるんでしょう？」

「……」

答えず。つまり彼はまた黙認したのだ。だが、何か言わなければならない。

「さっきも言った通り、物事には順序がある。出会ってまだ一ヶ月だしな」

「順序ってねー……。ただの優柔不断に見えるけど？」

「慎重と言ってくれ」

志郎は言い訳にも聞こえる弱々しい言葉で答えた。されど、『彼』が許さず。

「慎重とは聞いて呆れるな」

そう突っ込んだのは、直ではない。男の声だ。志郎はそれに聞き覚えがあった。

朝礼台の側にある林の一帯。暗闇に包まれたその奥から出てきたのは、あの洞窟の大男

である。一切気配を感じさせず、突如二人の前に現れたのだ。直もやはりこの男は初見らしく、兢々《きょうきょう》と志郎に身を寄せている。

「貴様は何度同じ過ちを繰り返す？」

志郎の頬に冷や汗が流れる。男のその言葉の意味は分かっていた。神面のことである。

「しかも、今日は別の女だな」

男が直を見る。一方、気の強い直は直で睨《にら》み返してみせていた。

「まぁ、そんなことはどうでもいい。問題は神面だ。……ここは人里。狼《おおかみ》の縄張りではない。だから掟《おきて》を破っても問題ないと思ったか？　志郎」

「いや……」

叱責に怖気《おじけ》づく志郎。掟を破った後ろめたさもあるが、どうもこの男には畏れを抱いてしまうのだ。だからか、代わりに直が言い返す。

「ちょっと待ってよ。取ったのは私の意志よ。志郎は関係ないじゃない！」

「そうだ。お前も問題だ」

「そもそもアンタ誰よ！　島の人間じゃないでしょう!?」

「お前たちを見守る者だ」

「なーにが見守る者よ。ただの覗《のぞ》き魔《ま》じゃない！」

「っ!?」

「アンタこそ、やってることがみっともないのよ。折角、他人《ひと》がいい雰囲気になってたのに、邪魔してさー。お節介なのよ。若者の恋路に嫉妬してるの!? っていうか、アンタも私の素顔を見てるんだから同罪じゃない！」

「……」

この直の反抗ぶりには男も言葉を失った。終始怯《おび》えていた真璃とは真逆の喧嘩腰《けんかごし》である。しかし、非は間違いなく自分たちなのだからと、志郎が彼女を抑えた。

「直、俺たちが悪いのは確かなんだから」

「だってさ、急に出てきて説教だよ？ 分かった風な口を利いてさ。そもそも誰よ？ 自己紹介ぐら……んんっ!?」

これ以上はいけないとばかりに、志郎は直の顔に神面を押し当てて黙らせた。そして、代わりに深ーく頭を下げる。

「す、すみません。気をつけます」

片や男の方は呆《あき》れ切っていた。

「もういい。もしバレるようなことがあれば、島の者たちがお前たちを罰するだろう。宇《う》喜多《きた》の娘にもよく言っておけ」

「はい……」

「神々はいつまでも甘い顔をしてはくれないぞ。特に志郎、お前にはこれで二度目の忠告だ」

「……」

「ケジメをつけろ」

男はそう言い残すと、再び闇の中へ消えていった。

突然現れ、突然消える。前回と同じである。取り残された二人からはもう情愛の熱は消えてしまっていた。

「何だったの？」

ぼやく直。志郎も全く同じ意見である。急に出てきたと思ったら、注意しただけで帰ってしまう。あの男がどうにも理解出来なかった。ただ、『ケジメ』という言葉だけが彼に恐怖と重圧をかけてくる。何かしら罰を与える気なのか。……けれど、今は何も思いつかない。

冷め切ってしまった二人は、今夜はもう休むことにする。折角の夜のデートも、志郎には不安、直には苛立《いらだ》ちを残して終わってしまった。

翌日、父又衛門《またえもん》が帰ってきた。お土産の大荷物を持っての帰還だ。ただ、港で出迎えた志郎は、父の顔から出る不機嫌さに不安を覚えてしまう。

「どうしたの？　問題でもあった？」

「新しい仕事なんだがな、『仙台黄門』の新連載を頼まれたんだよ。あれはもう終わったのに」

「え？　終わったの？　ドラマやってるじゃん」

「ドラマの話はテレビ局が作ってるんだ」

歩き出す又衛門。息子は大荷物を持って必死に追った。

「俺は書きたいものを書くんだ。押し付けられる筋合いはない。だが、向こうは重役まで頭を下げに来てな」

「ダメなの？」

「この島に来たのはこの島の話を書くためだぞ」

頑固である。又衛門には妥協という言葉がない。だからこそ、世界中を回りながら書くことが出来るのだ。好き勝手に飛び回り、好き勝手に書く。それでいて売れているのだから、彼は正に天才だ。

欲望に忠実な又衛門を動かすには、やはり筋しかない。志郎は意見する。

「俺は書いた方がいいと思う」

「何故《なぜ》？」

「宇喜多家のお祖母《ばあ》さんがファンだからだよ。今度小説も読むって言ってたし」

「そうか……。じゃあ、書くか」

何と、あっさり。その顔からはすっかり毒気が抜けていた。流石は息子、父のことをよく分かっている。

『現地の人とは仲良く』である。新作のためには少しくらい骨を折らなければ。


夕方になると、どこからともなく太鼓の音が聞こえてきた。祭りの音だ。志郎も嫌いではない。その内容が分かりさえすれば……。

前田《まえだ》家の居間で、彼は耳を澄ませていた。この音を聞いていると、やはりここは日本なのだと実感することが出来る。余計な騒音が無い分、寧《むし》ろ東京よりいいかもしれない。

「祭りか。日本の祭りなんて何年ぶりだろう」

嬉《うれ》しそうに口走る志郎。とはいえ、孤島だ。出店などは期待出来ない。それに儀式とも聞いている。普通の祭りとは違うのだろう。それでも胸を躍らせるのは、彼が本当に日本に帰りたがっていたからだ。

しばらくすると、予定していた来客がやってきた。

「じゃーん！」

セルフ効果音と共に現れたのは、髪を結い上げた浴衣姿の真璃《まり》と直《なお》。

「どう？　どう？」

　自信満々にアピールする二人。一周回ってポーズまで取った。それぞれ神面模様と同じ色の浴衣を身に着けており、手伝ってもらったのか着付けも完璧である。志郎も賞賛。

「おー、似合ってるよ。似合ってる」

「どんな風に？」

「真璃は、浴衣に金髪白肌というギャップがいい感じに作用してる。和洋が混在して、この世のものとは思えない妖麗さを感じさせるよ。直はもうそのまま。ザ・大和撫子《やまとなでしこ》。ジャパニーズ美少女だ。二人が並ぶと実に絵になる」

　少年が褒め称《たた》えると、乙女たちは少し呆れ気味に笑った。直が礼を言う。

「ありがと。そこまで褒めた男子は初めてだよ」

「どう致しまして。ただ、神面が無ければもっといいんだけどな」

「いつか見せてあげるさ」

　外に出ると、疎《まば》らな人の列を見つける。皆、祭りの会場に向かっているのだろう。そこで真璃が一つ訊いてくる。

「おじさんは帰ってきたんでしょう？」

「ああ、先に会場に行ってるはずだ」

「なーんだ、じゃあここで神面を外した姿でも……」

　そこに、何かが手を振ってやってきた。……兵次《へいじ》だ。浴衣姿の兵次。上機嫌そうだったが、真璃を見た途端、顔が強張《こわば》った。何だ？　と皆が首を傾《かし》げていると、

「真璃、その……に、似合ってるな」

　褒めた。顔を背けながら。思春期らしいというか、実直というか。真璃も兵次の性格を知っているので、素直にそれを受け取った。

「ありがとう、兵次」

　祭り会場である運動広場は、その名の通りお祭り騒ぎだった。賑《にぎ》やかだ。ほとんどの島民が集まっているのだろう。この島にはこんなに人がいたのかと、志郎も驚いている。設置された野外ライトに、整然と並べられた折りたたみテーブル。その上には酒と料理の数々が。普段と違う雰囲気に少年たちのテンションも上がっていた。

「おお、飯が出るのか。出店は無いだろうと思っていたけど、結構力を入れてるんだな」

「当然だろう。島最大の祭りなんだから」

　目を輝かせる志郎後輩に、兵次先輩は得意げに説明した。……が、

「何言ってるの。兵次、アンタだって初めてでしょう」

　真璃の手厳しいツッコミ。しかし、三年もいる兵次も初めてとは。

　更に大夢《ひろむ》、春麻《はるま》、秀樹《ひでき》とも合流すると、子供たちは野外ステージの前を陣取った。昨日運び込んでいたものである。

一体、何が始まるというのか。期待を膨らませる女性陣らを見ている限りは、恐ろしいことではないはず。舞踊？　祈禱《きとう》？　演劇？　講演？　次々と候補を挙げていく志郎《しろう》だったが、どれもスッキリはしない。島一番の祭りなのだから、とても意味のあることなのだろう。

午後六時。島民たちが見守る中、遂《つい》に儀式が始まる。

流石《さすが》にもういいだろうと、志郎は島主の孫娘に問う。

「一体、何が始まるんです？」

彼女は答える。得意げな笑みで。

「神面外しよ」

突如、歓声が起こる。ステージの中央に現れたのは、この島の神事を司《つかさど》る老いた神主。

だが、今回の主役は彼ではない。

それは右手から上がってくる男性だ。袴《はかま》姿の彼は緊張を催しながらも、それでいて堂々とした佇《たたず》まいをこなしていた。姿勢は良く、視線は一点に。少々顔を強張らせているか。

ただ、その強張った顔には見覚えがあった。

「殿介《でんすけ》先生!?」

担任の奥山《おくやま》殿介だ。志郎は思わず友人たちに目をやってしまったが、皆知っていたよう。そして、もう一人の主役についても。

左手から上がったのは白い和服の女性。花嫁衣裳《いしょう》だ。白純に覆われ詳細を窺《うかが》い知ることは出来なかったが、唯一見えたその紫色神面で、志郎もやっと全てを察する。

二人の男女は神主の前に立つと、互いに向かい合った。物静かな彼女に対し、奥山の顔は更に強張りを増す。頬には汗。緊張もピークに達したか。

彼が手を伸ばす先には、神聖にして冒さざるべし神面。両手の指先だけで触れると、軽く力を入れた。

……。

外れる。

ゆっくりと、それでも確かに。

初めて晒《さら》される奈々子《ななこ》の素顔。

途端、島民から大歓声が沸き上がった。拍手が起き、笛太鼓が喜びの音を上げる。万歳三唱も。周囲を包む大音声。まるで島全体が叫んでいるかのよう。

全てを理解した志郎ではあるが、その目は丸いまま。堪《たま》らず訊《き》いてみた。

「これってつまり……結婚するってことだよな？」

「婚約ね」

直は言った。

「教師と生徒だよな？」

「内地なら大問題だな」

兵次が言った。

「皆、知ってたのか？」

「三ヶ月ぐらい前からね」

真璃が言った。

三百年以上にも亘《わた》って続いてきた島の儀式。二人の相愛が島民たちに証明され、万来の祝福を受ける。驚かせたくもなるわけだ。同時に、昨日奈々子が苦しんでいた理由も分かった。

けれど、今が幸せそうなら何も言うことはない。志郎も拍手を送る。

「志郎くん」

奈々子が彼に気付いてくれた。

「おめでとう、奈々子さん」

「ありがとう、志郎くん。本当にありがとう」

本当に見れた。彼女の笑顔を。素顔の微笑《ほほえ》みは本当に素晴らしいものだった。

そして、志郎はもう一つの笑みにも気付く。

ウットリとする真璃の神面。羨望と願望の眼差《まなざ》しを、その光景にたっぷりと送っている。

無理もない。この島の女の子にとって結婚は夢そのもの。その上、神面も外せるのだ。

堂々と素顔を晒し、堂々と好きな人に寄り添える。今、真璃が最も欲していること。

その後、祝宴が始まっても、そのウットリ顔は収まることを知らなかった。時折溜《た》め息《いき》を吐《つ》く。

「素敵だよねー」

何度目だろうか、真璃が発する感嘆に直が呆《あき》れながら頷《うなず》いた。

儀式が終われば、後はどんちゃん騒ぎの宴会である。上機嫌に酒を飲む大人たちを他所《よそ》に、子供たちはひっそりと隅のテーブルで祝杯を挙げていた。ジュースを片手に料理を口に放り込む。……いや、あれ？　志郎はつい口を出してしまう。

「お前」

「うん？」

「それ、どう見てもビールだよな？」

「うん」

頷いたのは直。案の定、その隣の大夢も同じものを手にしている。

「いいのよ、お祭りの時ぐらいは♡」

二人揃《そろ》って神面を紅《あか》くさせている。まぁ、子供も飲んでいた昔の風習が続いているだけなら、新参者が口を挟む余地などない。

「ったく」

「けど、素敵だよねー」

真璃の奴《やつ》、また言ってる。彼女も違う意味で紅い神面だ。

「お前だって、いつかあそこに立つんだろう？」

「勿論《もちろん》！　もちろん……」

が、急にその意気が失《う》せた。流石に落ち着いたか。

「それにしても大々的に行うんだな。こんなに盛り上がっちゃって。まるで結婚式だ」

「婚約式ってところね。実際に結婚するのはまだまだ先みたい」

直、つまみのスルメをしゃぶる。

「あれで取れなかったら大変だな」

「そりゃね。でも、その前に試してるんでしょ。まずは島主に証明しないといけないから。それでも、いざ本番になると……ってことも」

マリッジブルーのようなものか。よくよく考えると、昨日の彼女の件は相当やばかったのかもしれない。今更ながら志郎に冷や汗が流れる。終わり良ければ全て良し……か。

「若い男も限られてるからねー。奈々子はよくやったよ」

つまみのナッツをついばみながら、大夢は親友の幸福を祝った。こういう祭りなら志郎もどんどんウェルカムである。だから、次の主役候補者に訊いてみる。

「で、大夢さんはいつ神面を外すの？」

爆笑！　大爆笑！

突然起きた笑いの嵐。真璃《まり》も、直も、春麻も、あの寡黙な秀樹まで。兵次なんかは腹を抱えていた。……が、

「あ、いや……すみません」

その殺気立った桃色の神面を前に、志郎はひたすら失言を謝るしかなかった。

すると、ありがたいことに今回の主役たちがやってくる。挨拶回りで大変だろうに、奈々子と奥山はそんな疲れを一切見せないでいた。それほど幸せを感じているのだろう。それぞれ祝福の言葉を送り、ついでに記念撮影もしてしまう。特に真璃は、目の前に立つ花嫁に興奮しっ放しだった。

やがて夜も更けてくる。それでも大人たちの酒宴は衰えを知らない。笑い、歌い、踊り出す。ステージの上ではカラオケ大会まで開かれていた。

そんな中、志郎は一人会場の隅にいた。手にしていたコーラを飲みながら、塀に寄り掛かり人の営みを楽しそうに眺めている。どこの土地に行っても見られる素晴らしい光景だ。

そこに真璃も宴《うたげ》から抜け出してやってきた。まるで自分の指定席だと言わんばかりに、彼の隣に立つ。

「楽しんでる？」

「どこに行っても祭りはいいものだ」

「良かった。ただ、これで打ち上げ花火とかがあると、もっといいんだけど」

「確かに盛り上がっただろうな。まぁ、贅沢《ぜいたく》は言わないさ」

「私、テレビでしか見たことないんだけど、凄《すご》いんでしょう？」

「空に花が咲くとき、大気が震えて音が走るんだ。迫力があるよ。あれは映像じゃ味わえないな」

「そっかー」

そう納得する真璃の笑みは少し寂しそうだったが、志郎は気付かなかった。

「なーに、今度手持ち花火でもしようぜ」

「そうだね。……ねぇ、外の話をしてよ」

「ああ、いいぞ」

それから志郎はよくよく語った。北欧の酒場に佇む幽霊。サハラで遭った猛吹雪。アラスカでのサスカッチとの出会い。タイムスリップしてきた自称織田信長《おだのぶなが》……。主に真璃が請い、志郎が応える形だったが、話題が尽きることはなく二人の談笑は続いた。

「なんか、こういう雰囲気いいよねー」

志郎の肩に寄り掛かりながら真璃が言った。彼も同意だと彼女に視線をやれば、丁度浴衣の抜き襟が目に入った。場の空気のせいか、露《あらわ》になった首筋が艶《あで》やかに感じられる。ついその肩に手を回したい衝動に駆られるも、人目があるので何とか耐えた。

そんな少年の葛藤を他所に、少女はゆっくりと口を開く。

「志郎がこの島に来てくれて本当に良かった。志郎のお陰で、これまでの退屈な日常が少しずつ変わってきた」

「そう言ってもらえると嬉《うれ》しいよ」

「神面山では助けられたし、直《なお》との関係も少し改善出来た。一緒にいるのがとても楽しいの」

口に出されるのは感謝。それを聞かされる志郎もまた心地がいい。……だが、

「あのね、志郎。私、本当は……」

「うん？」

「本当は……本当はね……」

彼女は途中から言葉を濁し始めた。何かを明かそうとしているが、踏ん切りがつかない。それでも志郎も真摯に耳を傾け続けた。

……けれど、

「ううん、何でもない」

結局、真璃は笑顔を作って撤回した。彼女もまた何かと葛藤していたのか。志郎も気にはなったが、こちらから踏み込むのは下品である。

「そうか」

彼は聞き流すと、そのまま二人だけの時間を過ごすことを選んだ。

話したくなければ話さなくていい。

秘密を共有した二人は、一緒にいるだけで理解し合えるのだから。


その時はそう思っていた。


その後、二人は席に戻ると級友たちと改めて乾杯。宴を存分に楽しんだ。そして気付けば夜十時過ぎ。

「僕たち、そろそろ上がりますね」

最初に帰り仕度を始めたのは、春麻と秀樹の下級生コンビ。何せ、明日から学校である。

そんな真面目な二人に倣い、志郎《しろう》も腰を上げる。

「んじゃ、俺も帰るとするか」

「あ、私も」

「お、俺も！」

彼に続き、真璃、兵次《へいじ》と立ち上がった。

「直と大夢《ひろむ》さんは？」

「まだまだいるわ。折角堂々と飲めるんだから。ねー、直♡」

嘯《うそぶ》く大夢。直の肩を支えながら彼女に同意を求める。……も、その直は既に酔い潰れていた。

「……ほどほどにな」

志郎が大人たちの方を見れば、又衛門《またえもん》が宇喜多《うきた》家の面々と談笑をしていた。あの分だとしばらくは終わりそうにない。真璃も帰ったところで家では一人きりか。志郎も。

「真璃、送っていくよ」

「ありがと」

あの会場の明々とした灯《あか》りも、少し離れれば闇夜に食われてしまう。足元に注意しつつ、三人は宇喜多家に向かっていた。…………………三人？

「何でお前も来てるんだ？　兵次」

「馬鹿野郎、お前一人だと心配だろうが。というより、本来は先輩である俺が送っていくべきなんだよ。……と、土地勘もあるし」

と、兵次は志郎に抗弁。一応、筋は通っているが……。まぁ、本人の前では本音を言えないのだろう。

「けど、本当素敵だったよねー。神面外し……」

一方、真璃は天を仰ぎ、星を見つめている。完全に夢見る少女だ。それはそれで可愛《かわい》らしいのだが、お陰で足元がおぼつかなかった。転ばない内に志郎が現実に引き戻す。

「まずは取ってくれる相手を探さないとな」

「失礼な、相手なんかに困らないわよ」

睨《にら》むお姫様。

「そうだ、失礼だぞ！」

従者も吼《ほ》える。されど、現実にはそうもいかない。志郎は確認した。

「でも、誰にでも取れるってもんじゃないんだろう？」

「……まぁ」

「けど、殿介《でんすけ》先生は結構簡単に取ってたよな？　あの神面も生きてるような表情をするかららある程度は信じているんだが……実際、他人には取れないのか？」

黙考する少女。立ち止まり、また天を仰いだ。

そして、こう口にする。

「試してみる？」

!?――。

「取って、私の神面」

志郎、閉口。兵次、開口。されど声は出ず。

差し出された真璃の神面に笑みはない。本気だ。真面目に言っている。直のような意地悪さがない分、志郎は軽々しく答えられなかった。それに二人きりならともかく、ここには第三者がいる。結果は現実となるのだ。その気がなければ普通はしないこと。

その一方、父親譲りの好奇心もあった。話には聞いているが、実際試したらどうなるのか。食指が悶《もだ》えてしまう。

と、そこに兵次が割り込んだ。志郎に詰め寄る。

「お前、本気か!?」

「あ、いや……」

「先輩を差し置いていいと思ってんのか？」

兵次、必死。当然である。万に一つも無いとは思っているが、可能性は無くはないのだ。三年と二ヶ月もの想《おも》いをたった一ヶ月の新顔に覆される。それは絶望でしかない。

なら、どうすればいいのか。全てを失いかねないこの状況で何をすればいいのか。……尤《もつと》も、それは本人が一番よく分かっていた。残された道はたった一つ。兵次は宣言する。

「真璃、俺に……俺に試させてくれ」

「えー。……まぁ、いいけど」

向かい合う両者。兵次は深呼吸をすると、ゆっくりとそれに手を掛けた。

「いくぞ」

「どうぞ」

　そして、

　……。

　……。

　……。

　ビクともしない。神面はまるで顔面に張り付いているようだった。皮膚と一体化しているかのよう。

「うっ！」

　兵次、力を入れるもダメ。

「どう？　本当に取れないでしょう？」

「不思議だ」

　真璃は得意げに肩をすくめ、志郎も感嘆の唸《うな》りを上げる。本人の取り外しを見てる限り、凄く簡単そうだったのに。磁石のオンオフを使い分けているような……。尤も、紐《ひも》など無かった時点で不思議なのだが。

　それでも、兵次は諦め切れなかった。

「この」

「……ん」

「くぅぅ！」

「ち、ちょっ」

「おおおおっ！」

「兵次、痛いって」

「にゃああああああ！」

「痛いって言ってるでしょ！」

脇腹を拳で抉《えぐ》られると、兵次もやっと諦めた。それほど効いたのか、彼は跪《ひざまず》いて項垂《うなだ》れてしまう。嗚咽《おえつ》すら聞こえた。

「兵次、大丈夫か？」

志郎が立たせてあげるも、頭までは上がらず。重い疵《きず》を負った彼には、もう先ほどの気勢は望めなかった。……そして、項垂れたまま去っていった。

可哀想《かわいそう》だが、たった一つとはいえ彼が選んだ道だ。現実を知るにはいい機会だったのかもしれない。志郎はその寂しそうな背に同情の念を送るのであった。

但し、真璃《まり》にとってはどうでもいいことである。

「さぁ、行こうか」

二人きりになれて彼女は上機嫌だった。

同じく志郎も。機嫌のいい彼女は実に可愛い。紳士として闇路をエスコートする。

「つまり、神面外しがお前の夢なんだな」

「うーん、確かに夢だけど、一番は内地に行くことかな？」

「そうか」

「あ、いや、やっぱり世界中を回ることかな。富士山、ピラミッド、ナイアガラの滝、南極、ムー大陸。テレビじゃなくてこの目で見てみたいよ。凄《すご》いんだろうなー。こんなちっぽけな島じゃ味わえない感動がありそう」

「そんなことないさ。この島も感動で一杯だよ」

「いいって、お世辞なんか」

「お世辞なんかじゃないよ。ここに来れて本当に良かった」

「いいってば。島主の孫だからって気遣いはいらないよ」

「本音だよ。豊かな自然に、見守ってくれる神さまたち。それに……」

「いいって！」

怒鳴った。彼女が。慮外のことで、志郎はつい驚き固まってしまう。

「真璃……？」

「いいの、そんなこと」

苛立《いらだ》った神面に荒々しい言葉。その理由が彼には分からない。ついで、彼女は苦々しく言う。

「無理に話さなくていいよ。小さい島なんだから話題もないし」

「そんなことは……」

「しつこいな！」

睨んだ。更に……。

「私は外の話をしたいの。話してよ。アマゾンでも、モンゴルでも、何でもいいからもっと外のことを！」

志郎にも憤りの正体が見えてきた。でも何故《なぜ》？

「何が不満なんだ？　真璃」

「飽きただけよ。こんな島に十五年もいれば話すことなんて無くなるわ」

「俺には無関心というより嫌っているように見えるぞ」

「五月蠅《うるさ》いな！」

ムカつく。イラつく。元々彼女の中にあった不満が、志郎の言葉でどんどん膨れ上がっていく。

この島への賛美が彼女を傷付けていった。

「私……私は、本当はこんな島……」

この島に囚《とら》われている彼女を。

「こんな島……」

それでも、彼女がそのことを口に出来なかったのは、島の姫君だからだ。

そして……、

「志郎《しろう》には分からないよ」

これ以上話すことを拒んだ。去っていく。

「真璃！」

志郎は止められなかった。足が拒否し、心が拒否する。直《なお》の件では追い掛けられたのに、今回はそれが敵《かな》わない。それは掛ける言葉が思い浮かばないから。

何て言えばいい？　彼女は何を求めている？　彼の頭の中を駆け巡る自問自答。幾多の経験をしていても、一人の少女を慰める術《すべ》は分からなかった。

それでも、真璃はただ一言だけ言ってくれた。

「夢ぐらい……見させてくれてもいいじゃない」

夢。神面外し。外の世界。

志郎も少し見えてきた。だが、それだけ。少しでは答えなんて見つからない。

直や奈々子《ななこ》、兵次《へいじ》たちと同じように、彼女にもまた悩みがあったのだ。口にしない悩み。抱えていた悩み。誰にも明かせない悩み。無くすのは無理でも、せめて和らげて欲しかった。それが彼女が望んでいたこと。けれど、もう遅い。

志郎は、今はただ見送るしかなかった。

二度目の仲違《なかたが》い。
そして最悪な別れ方。
もう元には戻れない。小さな背を見送っていると、志郎はそんな気がしてしまった。

第五話　夢と素顔と本心と

気が重い。それでも学校には行かないと。翌日、志郎は重い足取りで登校した。未《いま》だ真《ま》璃《り》に何を言うかは決まっていない。それでも逃げるよりはマシだった。

意を決して教室に入る……が、彼女はまだ来ていないよう。小さな安堵《あんど》を得て、彼は対策を練った。

外の世界か――。

彼女が憧れていたのは知っていたが、まさかこの島を憎むほどとは。これまでの言動から
して、当然ここを愛していると思っていた。何より、島主の家系である。

疵《きず》に触れてしまったか――。

浮かない顔を晒《さら》す志郎。すると、それを心配した奈々子が声を掛けてくれた。

「志郎くん」

「はい……ふへ？」

なのに、彼は変な声を漏らしてしまう。原因は彼女の顔。

「あ、奈々子さんか……。もう神面はいらないのか」

奈々子は堂々と素顔を晒していた。フィアンセがいる彼女に、もう顔を隠す義務はないのである。垂れ目に、淡い唇。改めて見たその素顔には、お淑《しと》やかさと優しさが備わっていた。

「お陰さまで。けど、志郎くんこそ何か悩みがあるの？」

「その……」

「今度は私が聞くよ？」

ニコリ。やっぱり素顔の笑顔はいい。けれど、今回ばかりは打ち明けるわけにはいかなかった。

「いえ、何でもありません」

志郎は笑顔を作って答えた。当の真璃が誰にも告白していない悩みなのだ。しかも島主の孫である。周りへの影響や彼女の祖母の耳に入る可能性を考えると、黙っていた方がいいだろう。たとえ、彼の重荷になろうとも。

そこに意中の少女が現れる。

「真璃」

淡々と教室に入ってきた彼女だったが、その神面は少し険しいか。だが、苛立《いらだ》ちは感じない。一晩寝て、彼女も平静を取り戻したのだろう。今なら冷静な話し合いを望めるかもしれない。試しに、志郎は笑顔を保ったまま挨拶をした。

「おはよう、直はどうした？」

「……二日酔いだって」

真璃、一言だけ。神面も変えず、振り向きもしない。そのまま席に着いた。

志郎は困惑した。彼女の言葉に乱れはなかったが、無用なものもなかった。最低限。必要な分だけしか話さない。

確かに真璃は落ち着いていた。落ち着いて嫌っていたのだ。

もう秘密を共有する仲ではない。ただのクラスメイト、いやそれ以下なのだと。和解の余地すら捨てたのだ。これなら寧《むし》ろ感情的に無視される方が良かったかもしれない。

「もう、大夢《ひろむ》ったら、無理やり付き合わせたんでしょう」

「まぁ、直《なお》も好んで飲んでたんだし。自業自得よね」

奈々子《ななこ》とは普通に談笑する真璃。それがより志郎《しろう》に現実を知らしめた。奈々子も気付かないほどに小さく、そして深い二人の溝。彼には渡る術《すべ》はない。

だけど、それでも挑まないといけないのだ。情愛があるから？　それとも罪悪感から？

ただ分かっているのは、それが彼の責務だということ。

彼女と一緒にいたい。そう本心が叫ぶのだ。……しかし、今の志郎にはそれを為そうという気概が生まれなかった。

昼休み。男子が集ういつもの空き教室に志郎はいた。が、今日は彼一人だけ。席に着き、昼飯の弁当を広げていたが、全く手をつけないまま呆然《ぼうぜん》と眺めている。その背中は草臥《くたび》れ、哀愁を漂わせていた。だから、春麻《はるま》や秀樹《ひでき》は近寄り難かったのかもしれない。

けれど中には、そんなことを意に介さない者もいる。

「よぉ、どうしたんだ？　今日は元気がないぞ」

「ああ、いや、何でもないよ」

兵次《へいじ》が肩を叩《たた》きながら声を掛けてくれた。元々ズケズケと踏み込む性格だったが、この時ばかりは志郎にも有り難かったかもしれない。この沈んだ気分を変えられるかも。ただ、昨夜《ゆうべ》の兵次と同じ悩みだとは死んでも言えなかった。志郎は愛想笑いで切り抜けようとしたが、相手はガキ大将である。世話好きなのだ。

「悩みがあるんだろう、志郎。先輩として相談に乗ってやるよ」

「大丈夫だって。今日は調子が悪いだけだ。それよりお前こそ昨夜は凹《へこ》んでただろう？」

「ん？　ああ、もういいんだ」

「もういい？」

「真璃は諦めた」

「え!?」

予想外の返答である。しかし、彼は本気のようだ。

「神面が取れなかったんだ。仕方がない。これ以上付きまとったらストーカーだしな。男なら潔く引くべきだ。これからは本分である勉学に励むよ」

前もそうだったが、随分切り替えの早い男である。本当に単純だ。

「そ、そうかもしれないが、よく納得出来たな」

「神さまの判断だからな。俺にはもっと相応《ふさわ》しい女性がいるって言ってるんだよ」

……いや、これは単純というより男らしいのだ。失恋を引きずらず、キッパリと諦める覚悟と決断力がある。常に前を向いているのだ。本物だ。本物のガキ大将。くよくよしている志郎も、今は本気で彼を尊敬せざるを得なかった。

躊躇《ちゆうちよ》や恐怖をしている暇などない。時が経《た》てば経つほど、回復は難しくなってくる。彼女との決別を受け入れられないというのなら行動するしかないのだ。

そして、志郎もまた決断する。

「ありがとう、兵次。お陰で吹っ切れたよ」

「うん？　そうか？」

もう一度、真璃と話す！　それが彼が導いた答えだ。


志郎が彼女を説得する方法を考えるには、放課後まで時間を掛ける必要があった。頭の中で何度も憂い、何度も宥《なだ》める。彼女が求める言葉を望み続けた。

それでも自信はない。だが、後退がないのも知っての通り。初めて話したあの屋上で、その時を待つ。

ゆっくりと深呼吸をする志郎。身体《からだ》を整え、心を整える。この刻《とき》がまるで永遠のように感じられた。それは恐れているからか。これから来るであろう残酷な結末を。

「違う！」

違う。和解するのだ。彼女を慰める。それしかない！

やがて彼女がやってきた。

「真璃……」

真璃が志郎の呼び出しに応えたのは、ただのクラスメイトだからに他ならない。相変わらず神面は険しく、冷めている。

「何？」

そして声も。

少年は怖かった。その冷めっぷりはまるで幽霊のよう。だが、彼も幽霊には何度か触れたことがある。敵意を示さなければ問題はない。

「謝りたいんだ。傷付けたことを」

「……」

「お前の外の世界への憧れを見誤っていた。よく分かってやれなかったんだ。秘密を共有した仲なのに」

「……」

「十五年間のほとんどをこの島で費やし、更に今ではその神面がここに縛り付けている。自由がない。外への夢を持つのは当然だ。この島を嫌う理由も分かる。世界中を回った俺は、それに応えてやるべきだったんだ」

「……」

「鈍感だったのかもしれない。皆優しくて、居心地が良くて。俺はこの島を満喫していたから、負の部分なんてすっかり忘れていた。だから……」

「やめて」

針のような彼女の一声。続けて……。

「もういい。そんなことを聞きたかったんじゃない。理屈ばかり並べて、綺麗《きれい》ごとばかり口にして……。犬井千代のつもり？　一方的に謝れば丸く収まると思ってるんでしょう？」

志郎は何も言えなかった。その通りなのだから。

「私の島への気持ち……あれは本音よ。お祖母様《ばあさま》にもお母様にも話していない。でも、志郎にになら明かせる。だから露《あらわ》にしちゃった」

それでも、真璃は手を差し伸べる。

「私は志郎の言葉を聞きたかった。志郎の本音を」

これは捨て切れなかった彼への慈愛だ。あれだけ好きだったのだ。自分の疵に触れられたとしても、すぐに切り捨てるのはやはり忍び難い。せめて、挽回《ばんかい》の機会を……。

「ねぇ、言って。私たち、秘密を分け合った仲でしょう？」

縋《すが》る。彼女も。志郎と同じように、真璃もまた追い詰められていた。縁を切りたくない。

だから、互いに本心を曝《さら》け出せる本当の仲に……。

……。

……。

……けれど、

「済まない。何て言えばいいか……本当に分からないんだ」

彼に出来たのは頭を下げることだけだった。

神面は悲愴《ひそう》を覚え、最初の場を最後とする。

志郎は黙って見送るしかなかった。屋上から真璃が学校を去っていくのを見つめ続ける。

……。

何故《なぜ》、二人はそこまで拘《こだわ》っているのだろうか。

真璃もドン臭い男だと見放せばいいのに。

志郎も面倒臭い女だと見限ればいいのに。

孤島だからか？　人付き合いをしていかなければならないからか？

違う。本当に好きだからだ。

一緒にいたい。本心で接したい。けれど、それが叶《かな》わない。子供だから、思春期だから、

大人のように折り合いをつけられないのだ。

しかし逆に、それは感情を純粋に発しているとも言える。

少年少女しか得られない真っ白な愛情。

あの神面のような。


そもそも、彼女の悩みは単に島嫌いから来ているのか？　十五年間縛り付けられたから？　だが、それは他の女子も同じだ。人一倍外界への好奇心があるからとも考えられるが……。ただ、あの神面外しに感化されたのは間違いないだろう。

夢を見て心が緩んでしまった。そして、下手に触れてしまい亀裂が走る。原因は分かった。だが、対策が分からなかった。志郎が初めて出会った類の試練である。

疲れた――。

身体を使ってもダメ。頭を使ってもダメ。心に委ねなければ。つまりどういうこと？

志郎はもう、まともに考えることも出来なかった。だから、そこにいた理由も分からない。気付くと、彼は宇喜多《うきた》家の前に立っていた。一応、来てみたというところだろう。尤《もっと》も、インターホンを鳴らす勇気もないし、今会ったところで何も出来やしない。

疲れた――。

とにかく志郎は疲れていた。こんな疲労感は初めてだ。それもやはり、身体でもなく頭でもない。心の疲れ……。

……それを癒せるのは、心を開いた人物だけだ。

「いらっしゃい。でも、わざわざお見舞いなんて」

直は笑顔の神面で志郎を迎えてくれた。坂崎《さかざき》家の自室へ招き入れると、前と同じように紅茶を出してくれる。見る限り、二日酔いはもう大丈夫そう。

「いや、大丈夫そうで何よりだよ。ガンガン飲まされてたからな」

志郎はそう微笑《ほほえ》んでカップに口を付けた。その温かさが彼の身に染みる。

「……本当にお見舞い？」

「え？」

しかし、直は何か感付いているよう。

「実際は自分を慰めて欲しかったんじゃないの？」

志郎は思わず真顔になってしまった。胸中を突かれ、鼓動が高鳴る。それでも彼女の神面は笑顔のまま。温かく、穏やかだ。

「分かるわよ。だって秘密を共にしている仲じゃない」

心。本心。それを露にするということは、逆にそれに敏感になるということ。志郎相手に着飾らない彼女は、その相手の本心も素直に感じ取っていた。

直《なお》に出来て、志郎《しろう》には出来なかった。それは壁を作っていたから。志郎は、心のどこかで真璃《まり》や直に対して偽っていたのだ。

仮面を付けていた。

彼の神面か。

志郎はやっと全てを理解し、やっと自分の愚かさに気付いた。その途端、彼女の前で本当の顔を晒《さら》す。疲れ切った前田《まえだ》志郎の素顔を。

「真璃を怒らせたんだ。俺が気を遣っていたせいで」

「癇《かん》に障ることとしたの？」

「だろうな。秘密を共有しつつも、実際は本音を明かしていなかった。最低だな」

「どうして？」

「癖が付いてたんだ。引越し、引越し、引越し……。世界中を回り、様々な人と出会う。中には命に関わる場所も。その土地に早く馴《な》れるには、そこに合わせるのが一番だったんだ。郷に入っては郷に従え」

「ウソ」

「そう……それもウソだ。本当は楽だったんだよ、他人に合わせることが。自分を殺していた。だってよ、本当の自分を教えても、すぐ別れることになるんだぜ？　一年……いや、短いと一ヶ月だ。それが今生の別れになる。友はたくさん出来た。けれど、親友はいないんだよ。互いの成長を見詰め合う本当の親友は！」

震える肩。

「最初の頃はよく泣いたさ。その土地を離れたくないと父さんに懇願していた。だけど、そんなこと叶いやしない。だから、相手と親しくならないようになっていった。親しくなるのが怖かったんだ」

慄《わなな》く口元。

「その内、本音の出し方を忘れてしまった。ずっと仮面を付けるようになったんだ。どうせ短い付き合いだ。俺は皆に好かれるよう振舞うようになった。我慢、遠慮、気遣ってばかり。いい思い出なんてありゃしない」

そして……直を押し倒した。巨軀《きょく》に物を言わせ床に押し付けると、彼女の華奢《きゃしゃ》な身体にしがみ付く。その胸に顔を埋《うず》めた。

「いつか、お前のことも忘れてしまうんだ。この声も、この感触も。折角見れたこの素顔も」

抱擁。

温かい肌触り。

誰かに甘えたかった。

身勝手な父には望めないもの。

「情けないだろう？」

「うん、そうね」

それでも少女の笑みは消えなかった。

「でも、今の志郎の方が好きだよ」

母親のように抱き返し、その少年の頭を撫《な》でる。

「あの神面を外した夜。掟《おきて》をものともしない貴方《あなた》がとても頼もしく思えた。運命に立ち向かって、自分であり続ける。私はああいう志郎が好き。あれが本当の貴方なの」

次いで、

「ねぇ、キスして」

今度は乙女のように願った。甘い吐息で本心を求める。

「私の神面を取って、キスして」

彼にもう迷いはない。

その神面を……外し、
その麗しい顔を見ながら、

口付けを、

……。

「ん」

長く。

「……」

とても長く。

「……はぁ」

口を離すと、直は思いっきり息を吸った。そして照れくさそうに微笑む。

「初めてだったから……ずっと息止めちゃった」

「そうか」

「今夜、親いないの」

「そうか」

手を握り合うと、志郎は再びその胸元に潜り込んだ。堪《たま》らず彼女の声が漏れる。けれど構わない。逃がさないよう彼はその身を押し付け、ゆっくりと柔い肌を味わった。

密着し合い、愛情を確かめる。互いに濁りのない本心。それは既に神面が証明してくれていた。誰も止めることなど出来やしない。

……が、

彼は止めた。シャツのボタンを外そうとした彼女の手を押さえる。怪訝《けげん》になる直。

「嫌なの？」

「いや、お前は最高の女だ」

「なら怖気《おじけ》づいた？」

「いや、今すぐにでもしゃぶりつきたいよ」

「……真璃？」

「頭の中でアイツの顔がチラチラ浮かぶ。このままじゃゆっくり味わえない」

立ち上がる志郎。次いで、こう宣言する。

「ケジメをつける。待っててくれ」

それは、あの洞窟の男が言っていた言葉。志郎もやっと意味を理解したのである。

解法を得た。支えも得た。そして今、決心もついた。

「こんな我《わ》が儘《まま》な俺でも良ければ……な」

志郎は微笑む。ならば直も微笑みで返すしかないだろう。そんな彼を好いてしまったのだから。

そして、直は志郎を見送った。後悔は……しているかも。それでもそんな彼が好きなのだ。惚《ほ》れてしまった。愛してしまった。いけないと分かっていても、本心を止められなかった。

「罪か……」

罪な男である。

あとは、これから犯すであろう禁忌も、彼の我が儘で貫いてくれることを願うだけだ。


その後、早速宇喜多家を訪ねた志郎であったが、応対した円《まどか》からの返答は意外なものだった。

「まだ帰っていない？」

「ええ、もう暗くなるのにね」

彼女は見上げながら言った。空は赤く染まり、冷風が肌を撫でる。この島に来て初めての空模様である。不気味だ。

「そうですか。なら捜してみます」

「お願いね。あの子、昨日から少しおかしいし。心配だわ」

「任せて下さい」

志郎は走る。嫌な予感がしたのだ。これに関しては、今までの経験が警笛を鳴らしていた。つまり、命に関わること。

思い過ごしであってくれ——。

これまでの鬱憤を晴らすかのように、彼はまるで豹《ひょう》の如《ごと》く道を駆け抜けて行った。

彼女がそこを選んだのは、偏《ひとえ》に誰も来ないからである。

そして、神聖な場所だから。

真璃は竜神池のほとりで黄昏《たそがれ》ていた。

「はぁ……」

何度目の溜《た》め息《いき》だろう。彼と決別すればどれだけ楽になることか。けれど、それが出来ないから苦しんでいるのである。

付けている神面に触れる。全ては『これ』と『ここ』のせいだ。ここで彼に素顔を見られ、切るに切れない縁を生んでしまった。加えて、彼がアイドルであることも。

でも、そんなことは関係ない。所詮はキッカケ。彼のことを好きになってしまったのは、彼という人間のせいだ。

初恋の人。だが、どんなに仲良くなっても、彼は本心を明かしてくれない。即《すなわ》ち、恋人にはなれないのだ。だったら、早い内にキッパリと諦めないと……。

「はぁ……」

溜め息。神面越しでも分かる。自分の顔がどんなに酷《ひど》いことになっているか。

真璃は池を覗《のぞ》き、その生気のない神面をマジマジと見つめた。

「何で分かってもらえないの？」

自分に問う。

「何で正直になってくれないの？」

池に問う。

「志郎にとって私はそんなものだったの？」

神さまに問う。されど、答えてはくれない。心安らぐ場所であっても導いてはくれなかった。

「結局、誰にも明かせないんだ……」

所詮、通じ合うなど理想でしかないのか。人はどこかで妥協しなければならない。夢を叶《かな》えるなど、それこそ夢。見ろ。それを嘲笑《あざわら》うかのように神面が笑っている。

「え？」

水面《みなも》に映る彼女の『神面』が笑っていた。……彼女の意に反して。

目元まで裂けた三日月のような口に、晦冥《かいめい》を宿す二つの丸目。初めて見せたその表情に、彼女は未曽有《みぞう》の不安を過《よ》ぎらせた。

そして、その水面が激しく歪《ゆが》む。

意思を持ち、畏れを浴び、人をも制する。

彼女は改めて竜神の存在を知った。いや、実感するのだ。否応《いやおう》なしに。

泉より飛び出すは竜の牙。肉を求め、血を求め、罪を求める。

全てを備える贄《にえ》は、ただ恣《ほしいまま》にさせるしかなかった。


志郎《しろう》は長いこと山の中を走っていた。それでも息が乱れていないのは、親より与えられた血肉と経験のお陰だろう。だが、一向に彼女を見つけられない。既に人里も捜したが、誰も彼女を見ておらず。この島の自然は異様である。もし山中に入っていたら、取り返しの付かないことになるだろう。

その上、そろそろ夜だ。彼女はきっと灯《あか》りすら持っていまい。

「真璃《まり》ぃぃぃぃぃぃぃぃぃぃぃー！」

志郎が呼び掛けるも応答なし。

ここは一旦引き上げた方がいいかもしれない。真璃が帰っているかもしれないし、何よりこのままだと彼自身が遭難する。もし最悪な状況なら、準備を整えて大人たちと一緒に捜すべきだろう。

……いや、理屈ではない。今必要なのは本心なのだ。この島は生きている。だから、その本心をもって願えば、彼女へと導いてくれるはず。……されど、どうやって？

……もしかして——。

彼の脳裏をあの場所のことが過《よ》ぎった。迷うこともなく、志郎はそこへと向かう。

洞窟。深淵《しんえん》への入り口へ。

「すみません、志郎です！」

到着早々、志郎は大声で叫んだ。彼がいるとは限らない。しかし確信があった。何故《なぜ》なら、これまでもずっと見守ってくれていたから。そして、望み通りそれに応えてくれる。

奥からゆっくりと現れるあの大男。二度と来るなという戒めを破ったにも拘《かか》わらず、彼の面に怒りや嫌悪はなかった。今回は志郎も臆することなく願う。

「真璃の居場所を教えて下さい」

「何故だ？」

「ケジメをつけに行くためです！」

「……」

「真璃とここに落とされた時、狼《おおかみ》は僕たちの命までは奪わなかった。直《なお》といた時も、貴方は僕たちを叱責するだけで済ませた。それは、僕らには既に神面外しをする権利があったからです」

「……」

「儀式を蔑《ないがし》ろにしているつもりはなかった。でも、僕にはそれをやる勇気も責任感もなかった。なのに、神面を外した関係をもっている。貴方《あなた》たちはそれに怒ったんだ」

「……ふっ」

男は笑った。優しく、正解とばかりに。それでも、志郎の謝意は消えず自分の頭を下げさせる。

「僕は貴方たちに謝ります」

未熟な少年の誠意を受け入れると、男はゆっくりと口を開く。

「隔離された世界においては、人は思考を硬直させるようになる。愚直になり、変化についていけなくなるのだ。そして、やがて島を滅ぼすことになるだろう。だから刺激が必要だった。そんな時、丁度外の世界から人間がやってきた」

「大昔、この島に流れ着いた異人ですね」

「今も同じだ。常に外からの刺激を求めている。但し、程好《ほどよ》い刺激をな。お前の場合はそれが少々強過ぎた。だから女たちは恋焦がれ、自ら神面を外してしまったのだ」

「すみません……」

「しかし、貴様たちを認めているのも確かだ。厳格さもまた思考の硬直に繋《つな》がるからな」

「はい」

「よいか？　掟《おきて》は島民を縛るためにあるのではない。島民を幸せにするためにあるのだ。いきなり罰を与えることはない。されど、いつまでも身の振り方を改めなければ、戒めだけでは済まなくなるぞ」

男が志郎の後ろへと目を向けた。

「あやつが貴様を導いてくれよう」

志郎もそれに従うと、そこには一匹の狼がいた。純白の狼が……。

「狼……オオカミ……山の大神」

志郎のその呟《つぶや》きに応えるように、狼も小さな唸《うな》り声《ごえ》を上げる。

「さぁ、行け」

そして男にそう促されると、志郎はその返事もせずに狼に付いて行こうとした。……が、彼の中に残っていた理性が、男への礼を思い出させる。

「ありがとうございます、ちんざいさま！」

そう言い残し、少年は地の神に導かれ、想《おも》い人《びと》のいる天の神の下へと向かった。

それを見届けるは人の神。その微笑《ほほえ》みは、若き命への幸せを祈るもの。


真璃は恐怖していた。水中に吸い込まれ、沈み、沈み、沈み、周囲が徐々に暗くなっていく。奈落の底へと追いやられていた。竜神池に襲われた彼女は、今まさに命を落とそうとしていたのだ。

抗《あらが》うことを試みるも、池の食欲は旺盛。罪は好物である。

罪？

何の罪？

真璃は分からなかった。何故、このような目に遭っているのか。

◇　◇　◇　◇　◇

どうして……。

島を嫌ったから？　宇喜多《うきた》家の孫が外に逃げ出したがっていたから？

それとも喧嘩《けんか》したから？　彼を突き放したから？

自分のことを分かってもらいたいと願うのが、そんなにいけないことなの？　理解者を求めることが、そんなに罪なの？

我慢はしてきた。親の言いつけも護《まも》ってきた。けれど、限界だってある。恋人とは言わないが、せめて心を露《あらわ》に出来る『心友』が欲しい。それぐらいいいじゃない。

誰も認めてくれないの？　誰も想ってくれないの？　誰も応えてくれないの？

結局、私は独りぼっちなんだ。

……え？

神面だ。付けているはずの私の神面が、目の前に。
え？　何を言ってるの？
……勿論《もちろん》よ。秘密を共有し合ったもの。
違う！　本当に好きだったのよ。愛してた。だから本音を言ってもらいたかった！
……そ、んなの。
ちゃんと志郎のことも分かってた。理解してたわよ。
違う！　違う、違う！　自己満足じゃない！
私だって志郎に尽くしてた。アイツのことを想ってた！
……。
いや。
……。
志郎。
志郎。
志郎。
ごめん。
ごめんなさい。
私が……バカだった。

しろう、あいたいよう。

◇　◇　◇　◇　◇

そして、少女は黒闇《こくあん》の底へと沈んでいった。

水面《みなも》に映る想い人の幻影を見つめながら。


真っ暗だった。

それでいて静かだ。風もない。息苦しさも消え、悲しみや憤りもなくなった。

心地好い。まるで天国のよう。星も出ている。

「ほし……？」

真璃は夜空を見つめていた。池のほとりで横になり、天を仰いでいる。何故？　どうして？　彼女は状況が摑《つか》めないでいた。頭を働かせようとするも、頭痛でそれも敵《かな》わない。

身を起こすことも出来ず、周りを見渡すのも一苦労。気付いたことといえば、全身がずぶ濡《ぬ》れだということぐらい。

いや、もう一つ。

隣に想い人がいた。

「志郎……」

「大丈夫か？」

志郎が顔を覗《のぞ》いてくる。

真璃がその頰に手をやると微笑んでくれた。彼もまたずぶ濡れのよう。感触がある。幻覚ではない。本物。そして、
その笑みのまま彼は答えてくれる。

「しかし、男子禁制にする理由が分かったよ。不思議な池だ。気味が悪いような……心地好いような……。とにかく、もう泳ぎたくはないな」

「私のために……助けるために？　危険だって言ったじゃない」

「助けられる自信があった。昔、河童《かっぱ》に泳ぎを教えてもらったからな」

「だからって！」

「それに、お前を助けたいという願いは邪《よこしま》な心じゃないだろう？」

そんなことを優しい口調で説かれれば、彼女だって何も言えなくなってしまう。顔を背け、赤面してるであろう神面を撫《な》でた。

……あれ？　無い――。

付けていたはずの神面が取れている。池の中に落としたのかと、真璃は慌てて辺りを見

渡す……が、

「これか？」

彼が持っていた。

「勝手に取って済まなかった。神面越しで応急処置なんて出来そうになかったから」

「そう……」

「水は吐いたが、他に辛《つら》いところはないか？　しばらく横になっているといい」

「うん」

もう安心だと分かると、真璃《まり》の身体《からだ》から力が抜けていった。悲しみや憤りは既になく、清々《すがすが》しい心持ちだけが彼女を包む。彼と居られるだけで心地好い。これが『心友』なのか。

今の志郎《しろう》も同じ気持ちのはず。けれど、それはほんの短い間だけ。

「ごめんなさい、志郎。私が悪かった」

口にしたのは謝罪の言葉。

「私を分かって欲しいなんて言いつつ、私は志郎を分かろうとしなかった。自分の気持ちを押し付けて、我《わ》が儘《まま》を突き通そうとしていたの。子供よ。幼くて……」

彼女の目から自然と涙が溢《あふ》れた。

「私は宇喜多家の女なの。金髪に白い肌の運命を宿した女。直はいい。皆はいいよ。神面が外れたら外の世界へ飛び出せるもの。でも、私は宇喜多家を継がなければならない。この島を出て行くことなんて許されないの。永遠にこの島に尽くさないといけない」

だから、そこまで恨んでいた。

「私だけよ。どうして……。宇喜多家なんかに生まれたくなかった。ちょっとズレていれば、私が直《なお》の立場だったのに……。直が羨ましい、憎いぐらいに」

直は真璃を恨み、真璃は直を恨んでいた。皮肉にも、本家・分家という同じ問題で。

「直は悪くないのに。直は私に謝ったのに。……私も謝らないと」

二人はそっくりだったのだ。まるで姉妹のように。

「それに何より、志郎のことが好き。志郎とずっといたいと思っている。……だけど、どんなに想っても貴方はいずれ島を出て行くことになる。だから……だからせめて、ここにいる間だけでも、心から繋がり合った心友として思い出を作りたかった。貴方がいなくなっても寂しくならないほどの思い出が欲しかった……」

そして、いずれ訪れるであろう別れに備え、健気《けなげ》に繋がりをもとうとしていたのだ。

「貴方を忘れたくなかった……」

すると、真璃の手が志郎に握られた。ゆっくり、それでいて温かく彼はこう明かしてくれる。

「俺の方こそ悪かった。お前の言う通りだ。本音を口にせず、本心を明かさない。素直でいることを忘れていた」

「志郎」

「引越しばかり繰り返して、器用な生き方しか出来なくなっていた。何事もないよう相手の顔色を窺《うかが》ってばかり。怒るのも当然だ。お前に見放されたんじゃない、俺の方がお前を遠ざけていたんだ」

そして、彼は一息置いた。心を構えるために。

謝罪や後悔はもういい。二人に必要なのはこれからのこと。

「俺はこの島が好きだ。自然豊かで、皆優しい。東京なんかよりずっと居心地いいよ。何より、お前と直に出会えたことが一番の幸せだ」

志郎は告白する。

「お前と別れたくない。好きだ、愛している。一緒に生きよう」

初めて触れた彼の本心に、真璃は堪《たま》らず笑みを蘇《よみがえ》らせた。けれど、それは一瞬だけ。

「止《や》めて」

「真璃」

「分かってる。又衛門《またえもん》さんの執筆次第なんでしょう？　ここにいつまで居られるかは」

その通りである。

「私、ファンだもん。筆の早さも知ってるよ。一年……短ければ一週間で書き上げる。そうしたら、また何処《どこ》かへ行ってしまう」

その通り。

「だったら、いつか島を出られる直と一緒になればいい。そんな夢みたいなこと……！」

が、それ以上の言葉は止められた。真璃の幼い唇に彼の指が載ると、志郎は否定する。

「時間はあるさ。父さんが『仙台黄門』の続編を書くらしい。目当てのものを書き上げるまで二、三年は掛かる」

「でも」

「それに、もう我慢するのは止めたんだ。父さんに何て言われようが、俺はこの島に残る」

志郎は決意を表す。

「お前といたい。ずっと、これからも。我が儘と言われようが、絶対曲げない。これが俺の本心だ」

本音。本心。彼女があれほど欲していた掛け替えのない真心。

「真璃、俺の本心を受け入れてくれるか？」

ならば、どうして拒めようか。その小さな身体に熱が蘇り、心が躍り出す。すぐにでも頷《うなず》きたい。

それでも、彼女は条件を出した。

乙女の淡い純心を満たすために。

「もう一度、して」

お姫様が請うと、王子は応じる。

改めて味わう初めての口付け。されども、彼女に緊張はなかった。誰もいない二人だけの空間で、ゆっくりと流れる時間に身を任せる。

真璃はそのしなやかな弾力を十分に味わった。

「夢みたい」

幸せだ。幸福。彼女が見ていたもう一つの夢。

もう何もいらない。彼さえ居てくれれば。

「志郎、貴方《あなた》と出会えて良かった」

「俺もだ。やっと正直でいられる」

手を繋《つな》ぎ、唇を繋ぎ、心を繋ぐ。

正真正銘、二人は素顔でいられる関係になった。

もう神面はいらない。

それは次の子供たちのために。


志郎と真璃は二人だけの神面外しをした。

エピローグ

翌日、真璃《まり》は必死に平静を装っていた。

普段と変わらない学校生活をこなし、誰にでも満面の笑みを振り撒《ま》く。だが、あの不機嫌女王がするのだ。寧《むし》ろ、皆を不審がらせている。

「何かいいことでもあった？」

大夢《ひろむ》が問うも、

「別に、いつも通りじゃない」

やはりスマイル神面で一言。まぁ、機嫌が良いに越したことはない。彼女らもそれ以上は訊かなかった。

そんなご機嫌なお姫様ではあったが、彼女にも一つ気掛かりなことがあった。

直である。謝罪は勿論《もちろん》だが、志郎《しろう》のことについても打ち明けなければならない。親に話す前にケジメをつけておきたかった。

どう話し掛けるべきか……。笑顔の裏で、真璃は悩み悶《もだ》えていた。

「うーん」

悶え、悶え、悶え、悶える。その内、何故《なぜ》自分一人だけが悶えなければならないのかと苛立《いらだ》ち始めた。原因の一人に物申す。

すると、

「ああ、大丈夫、大丈夫」

志郎はあっけらかんと言い放った。人目を気にして階段裏に連れてきたというのに、この態度。事の重大さが分かっていないのか。

「大丈夫なわけないでしょう。直《なお》、傷付くに決まってるじゃない。それをどうやって……」

「直には幾分伝えてあるから」

「そ、そう」

「今日にでも詳しく話すつもりだったし、向こうも覚悟してるよ。それでも、お前からも話しておいた方がいいだろう」

「そうね」

「放課後、屋上に呼び出しておくから」

「分かった」

問題はなかった。彼が段取りを済ませてくれている。あとは言葉にするだけ。相手も納得しているのだ。……けれど、真璃の心境は晴れやかなものではなかった。

直の身を思えば当然である。それでも、自分の言葉で伝えるのもまた選ばれた者としての義務であった。

誠心誠意をもって、直に向かい合う。それが彼女に出来る唯一の思いやりだ。

放課後、真璃が屋上へ出ると、そこでは既に志郎と直が話をしていた。互いに落ち着いているよう。彼女も覚悟していたからか。

「あ、真璃」

直に気付かれたので、真璃は愛想笑いをしながら近付く。

「直、その……ごめん」

つい謝ってしまった。胸を張って堂々とすればいいのに。どうしても負い目を感じてしまうのか。それでも直は笑って許してくれた。

「何で謝るのよ。真璃のせいじゃないでしょう」

「うん……」

「それこそ、真璃はいいの？　本当に」

「うん、志郎が求めてくれるのなら」

微笑《ほほえ》む神面。すると直の神面も微笑んだ。

「そう、なら仕方ないわね」

直から握手の手が差し出されると、真璃も応じる。これからの友情を確かめ合った。

「これからも宜《よろ》しくね、真璃」

「こちらこそ、直」

こうして、二人は疵《きず》のない完全な和解をした。

真璃は直に抱かれ、志郎は二人の肩を支える。新しい三人の関係。誰にも壊せない心友の絆《きずな》だ。

さて、その目出度《めでた》い最初の一歩として、彼らにはやることがあった。

直が問う。

「で、志郎、これからどうするの？」

「ああ、これから父さんに許しを貰《もら》いに行く」

「又衛門《またえもん》さんに？」

「お前たちのお祖母《ばあ》さんは父さんのファンだろう？　父さんから説得してもらえれば、島主としての許可が出易《やす》いだろうし」

「成る程」

「尤《もっと》も、その父さんへの説得も一苦労だろうな。素直に認めてくれるとは思えないし」

その言葉に、真璃は渋い神面を晒《さら》す。だが、それは覚悟していた障害の一つに過ぎない。

「いや、大丈夫。絶対叶《かな》えてみせるよ。決心したんだ」

少女はその志郎の言葉に安堵《あんど》した。

「じゃあ、行こうか！」

そして、直の宣言で三人は戦地へと向かう。

……。

……ん？

三人？

直？

「何で直も行くの？」

真璃は志郎と腕を組む彼女に言った。更に、ツッコミを入れる。

「しかも何で腕組んでんのよ！」

「何よ、別にいいじゃない。独り占めにするつもり？」

直のその返答に、真璃は意味が分からず言葉を失った。そこに、今度は直のツッコミ。

「そもそも、三人に関することなんだから三人で行くのは当たり前でしょう」

「三人……」

素っ頓狂な神面を晒す真璃。それを前に志郎は気付く。彼女の勘違いに。

早く正さないと。冷静に説明すべく、彼はゆっくりと言い放った。

「俺はお前が好きだ」

「はぁ」

「けど、直も好きなんだ」

「はぁ？」

「だから俺は二人と一緒になりたい」

「はぁぁぁ!?」

「直はそれを受け入れてくれたんだ」

そう言うと、志郎は直の神面を着脱させてみせる。それは見事な滑らかさであった。二人の愛の清純さを表している。が、それってつまり……、

「二股……ってこと？」

「そうなるな」

「そうなるな……って」

「だが、これが俺の本心なんだ。どちらか一方だけなんて選べないし、我慢なんて出来やしない」

呆《ほう》ける真璃。反応せず、声も出さない。ボーっと突っ立ってしまった。志郎は心配になり、手を差し伸べる。その目を丸くした神面を外すと、案の定素顔も目を丸くしていた。

「真璃、俺と一緒になってくれ」

「……断ったら？」

「仕方ない。直とだけ一緒になるよ」

はぁぁぁぁぁぁぁぁぁ――!?

真璃が直を見てみると、彼女は優越感に浸った笑みを浮かべていた。

真璃は改めて呆然《ぼうぜん》とする。彼の本心を求めた結果がこれ。海外育ちだから？　重婚に抵抗がない？　ある意味自分が招いたことだけに、責めることは出来ないでいた。

「はい」を選べば、真璃は結婚し、直は結婚。

「いいえ」を選べば、真璃は諦め、直は結婚。

選択の余地などない。実際、未《いま》だ彼は真璃の神面を取ることが出来るのだ。

夢のよう。

本当に夢のよう。

夢であって欲しい……。


もういいや。なるようになれ――。

前田《まえだ》家に向かっている頃には、真璃はいつも通りの不機嫌女王に戻っていた。嵌《は》め直した神面が険しい表情を醸し出している。

「で、本当に大丈夫なの？　私と直の二人同時なんて」

「まぁ、大丈夫だろう。……多分」

多分だぁ？　志郎の言葉が適当になってきた。得意げだった直も、それに関しては心配しているよう。

「重婚ってやつでしょう？　違法じゃないの？」

「この島じゃ日本の法律は通用しないんだろう？」

「うーん」

「神面を外した者のみが許されるんだろう？　筋は通ってるんだ。だから、ちんざいさまからも何も言われなかったし」

「ちんざいさま？」

「あ、いや、何でもないよ」

志郎は笑ってはぐらかす。今は父の説得のことで頭が一杯な身。彼もこれ以上のややこしい説明は避けたかった。

「確かに。昔も妾《めかけ》さんを持っていた人はいただろうしね」

直は了承したよう。

「神さまに認めてもらえれば、こっちのもんだ。お祖母さんも分かってくれるよ」

志郎も断言する。確かに、内地との行き来が叶わなかった時代は、この島で全てを補わなければならなかった。女性が余ることもあっただろうから、そういう緊急回避も行われていたはずだ。自然の摂理である。

真璃も納得は出来た。それでも二つ確認しておきたいことがある。

「勿論、第一夫人は私よね？」

ただ、それは聞き捨てならない言葉だった。すかさず直が口を挟む。

「こらこら、それは年上の私でしょう」

「いやいや、本家の人間である私よ」

ムカ。直、続けて暴言。

「私が先に手をつけたのよ」

「私が先に素顔を見せたの」

「志郎《しろう》は私の胸が好きなのよ」

「志郎は私の唇が好きなの」

「料理下手のくせに！」

「酔いどれのくせに！」

「金髪！」

「デカチチ！」

これ以上はいけない。

「止《よ》せ、一番も二番もないって」

女の喧嘩《けんか》は恐ろしい。見ている方の神経がもたない。その場を取り成す志郎ではあったが、将来へ一抹の不安を抱いてしまった。

そして、重要なことがもう一つ。真璃《まり》は彼に問い質《ただ》す。

「それより志郎、もうこれ以上ドッキリは無しだからね」

「分かってるって」


前田家に着くと、三人は粛々と居間へ入っていく。

又衛門はその異様な雰囲気をすぐ察したが、生来の肝っ玉ぶりで眉一つ動かさなかった。

三人が対面に腰を下ろすと、持っていた本を下ろす。

当然、代表は志郎。両脇の姫君とは既に一心同体だ。

「父さん、お願いがあるんだ」

「うん」

赤と青の狭間《はざま》で、志郎は愛を叫ぶ。

「俺、真璃と直《なお》と結婚したいんだ。残りの人生をこの島に捧《ささ》げたい」

「いいんじゃないか」

即答！　志郎、念のためもう一度確認。

「いいの？」

「儂《わし》は構わんよ」

あまりにも早い了承に、三人は思わず目を見開いた。その目で見る限りは、父の表情に曇りはない。正常。いつも通り。つまり、戯言《たわごと》ではないのだ。本気。

「父さんもずっとここにいる気？」

「いや、用が済んだらまたどこかへ行くさ」

「けど、言ってたじゃない。親子なんだから一緒にいるのは当然だろうって」

「お前が家庭を持つというのなら、それが新しい家族だ。儂とはそれまでよ」

そう言うと、父は微笑《ほほえ》んだ。息子の門出を祝ってくれる。両手の花も、喜びながら彼の腕に抱きついた。

「ありがとう、父さん」

「それにしてもお前もよくモテるな。二人同時とは。儂にそっくりだ」

その褒め言葉に、息子は恥ずかしがりながらも笑みで応えた。久しぶりかもしれない、父にこれほど褒められるなんて。彼は思い出すことは出来なかったが、前も似たような言葉を掛けられたような気がした。

とにかく、第一関門は突破である。そして、将来への希望ももてた。真璃の心底にあった不安は掻《か》き消され、夢の実現にまた一歩近付く。お陰で、赤と青の神面は満面の笑みを晒していた。

次の又衛門の一言までは。

「これで嫁は四人だな」

……。

……。

……。

……四人？

満面から空笑いへ。それでも少女たちは笑みを持ち堪《こた》えさせた。聞き間違いかもしれない。いや、そうに決まっている。純情な願いをもって、親愛なる想い人《おもびと》を見ると……。

良かった。彼は笑っていた。……いや、

笑ったまま硬直していた。

又衛門《またえもん》が真実を伝える。

「コイツには、トランシルヴァニアに吸血鬼の許嫁《いいなずけ》がいるんだ」

「……」

「それと昨年テキサスでＵＦＯに攫《さら》われてな。宇宙人の女王と結婚させられたんだ」

「……」

沈黙。重い空気が場を包んだ。何て言えばいいのか、子供たちは口を開けない。

更に、彼の父は衝撃の一言を放つ。

「あっ、そうか！　お前、ＵＦＯに攫われた時、その辺の記憶を消されてたんだったな」

真璃は本当に何も言えなかった。怒ればいいのか、悲しめばいいのか、それすら分からない。ただただ神面の目を丸くさせるだけ。今日はずっとそればかり。

「思い……出した」

志郎もまた、言われて蘇《よみがえ》ってくる女たちの記憶に顔を青ざめさせていた。これまでの友人たちとの思い出が曖昧なのも、それが一因かもしれない。

が、今はそんなことはどうでもいい。王子は丸目のお姫様に弁明する。

「いや、けど、お前たちのことは寸分違《たが》わず愛してるよ」

……。

「過去がどうだろうと、俺の本心に変わりはない」

反応なし。

「今の俺があるのは、お前たちのお陰なんだ」

神面の目は丸いまま。

「真璃？」

そして……倒れていった。

「お、おい、真璃！」

非情な現実。避けられない暗礁。夢を目の前に、乙女の大望は脆《もろ》くも崩れ去る。想い人の呼び声を子守唄に、彼女は夢の中へ落ちていった。

これが夢であることを願って。

あとがき

こんにちは、北条《ほうじょう》 新九郎《しんくろう》と申します。この度は『かみつら』をお手に取って頂き、誠にありがとうございます。楽しんで頂けましたでしょうか。

本作は第9回オーバーラップ文庫大賞・銀賞受賞作となります。本巻で主人公とヒロインたちが相思相愛にまで至ったのも、応募作のため起承転結まで描く必要があったためでもあります。ただそうなると、ラブコメとしてもう書くことはないのでは？　と、思う方もいらっしゃるかもしれません。しかし、ご安心を。愛し合うようになった若い男女が次にやることといえば…………。もうお分かりですよね？　次巻、ご期待下さい！

また、本作のイラストはトーチケイスケ先生に引き受けて頂きました。トーチ先生の腕の良さについてはご覧頂いた通りで、私から言うまでもありません。私がお伝えするとすれば、それに加えて発想力も素晴らしいということでしょう。

例えば、女の子たちの神面にはそれぞれ独自の模様が描かれていますが、原作者である私はそのデザインを決めかねていました。幾何学的な丸や波線など、面白みのない模様しか思いつかなかったのです。そこでトーチ先生から出たのが「各キャラとイメージの合う花言葉の花」という案でした。私は「グッドアイデア！」と思ったのと同時に、「その手があったか！　何で思いつかなかったんだ……」と、己の未熟さを痛感してしまいました。私の至らぬところをフォローしてくれるトーチ先生には頭が上がりません。先生にはこの場をお借りしてお礼申し上げます。

それに担当編集さんも私によくして下さり、とても感謝しています。こちらの要望をよく聞き届けてくれますし、土日関係なく連絡にも応じてくれます。深夜三時発の編集メールを受け取った時には、凄《すご》い（大変だ）なぁーと感心し、アニメのお仕事をしていた頃を思い出しました。私はシャイなので、編集さんにもこの場をお借りしてお礼申し上げます。ご自愛下さい。

最後に、読者の皆様には改めてお礼申し上げます。今後とも『かみつら』と北条新九郎を宜《よろ》しくお願い致します。

北条新九郎

作品のご感想、
ファンレターをお待ちしています

あて先

〒141-0031
東京都品川区西五反田 8-1-5 五反田光和ビル4階
オーバーラップ文庫編集部
「北条新九郎」先生係／「トーチケイスケ」先生係

OVERLAP

かみつら 1
～島の禁忌を犯して恋をする、俺と彼女達の話～

発　　行　2023年1月25日　初版第一刷発行

著　　者　北条新九郎
発 行 者　永田勝治
発 行 所　株式会社オーバーラップ
〒141-0031　東京都品川区西五反田 8-1-5
校正・DTP　株式会社鷗来堂
印刷・製本　大日本印刷株式会社

Printed in Japan　ISBN 978-4-8240-0387-4 C0193

オーバーラップ文庫
COMIC GARDO
コミックガルド
にて
コミカライズ!
俺にトラウマを与えた女子達がチラチラ見てくるけど、残念ですが手遅れです
The girls who traumatized me keep glancing at me, but alas, it's too late.
このラブコメ、みんな手遅れ。
昔から女運が悪すぎて感情がぶっ壊れてしまった少年・雪兎。そんな雪兎が高校に入学したら、過去に彼を傷つけてトラウマを与えてきた幼馴染や元部活仲間の少女が同じクラスにいた上に、彼のことをチラチラ見ているようで……?
著 御堂ユラギ イラスト 緜
シリーズ好評発売中!!

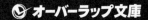

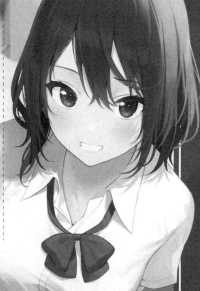

オーバーラップ文庫
カメラ先輩と世話焼き上手な後輩ちゃん
Camera - Senpai to Sewayaki Jyouzu na Kouhai - Chan
第8回オーバーラップ文庫大賞
銀賞
わたしを撮ってくれますか……？
先輩❤
天才的な撮影技術を持つがおっぱいを撮ることにしか興味がない高校生・神崎彩人。究極の美「おっぱい写真」を撮ることが目標の彩人は、後輩で助手の白宮雪希とともに、理想のおっぱいを持つかもしれない美少女に次々と声をかけていくのだが——!?
著 美月 麗 イラスト るみこ
シリーズ好評発売中!!

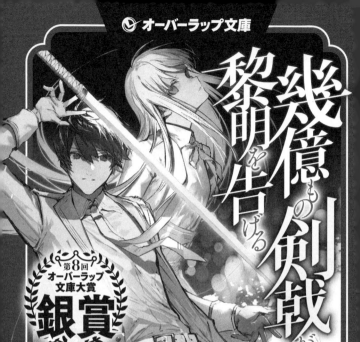

第11回 オーバーラップ文庫大賞
原稿募集中!
イラスト：冬ゆき
【賞金】
大賞…300万円
（3巻刊行確約＋コミカライズ確約）
金賞……100万円
（3巻刊行確約）
銀賞………30万円
（2巻刊行確約）
佳作………10万円
キミが物語の王様
【締め切り】
第1ターン 2023年6月末日
第2ターン 2023年12月末日
各ターンの締め切り後4ヶ月以内に佳作を発表。通期で佳作に選出された作品の中から、「大賞」、「金賞」、「銀賞」を選出します。
投稿はオンラインで！ 結果も評価シートもサイトをチェック！
https://over-lap.co.jp/bunko/award/
〈オーバーラップ文庫大賞オンライン〉
※最新情報および応募詳細については上記サイトをご覧ください。
※紙での応募受付は行っておりません。